中国短经典

咒语

阿乙 著

人民文学出版社

图书在版编目(CIP)数据

咒语/阿乙著.—北京：人民文学出版社，2021
（中国短经典）
ISBN 978-7-02-016574-2

Ⅰ.①咒… Ⅱ.①阿… Ⅲ.①短篇小说-小说集-中国-当代 Ⅳ.①I247.7

中国版本图书馆CIP数据核字(2020)第162581号

责任编辑　甘　慧　何炜宏
封面设计　钱　珺

出版发行	人民文学出版社
社　　址	北京市朝内大街166号
邮　　编	100705
网　　址	www.rw-cn.com
印　　刷	杭州钱江彩色印务有限公司
经　　销	全国新华书店等
开　　本	889毫米×1194毫米　1/32
印　　张	7.875
字　　数	147千字
版　　次	2021年4月北京第1版
印　　次	2021年4月第1次印刷
书　　号	978-7-02-016574-2
定　　价	55.00元

如有印装质量问题，请与本社图书销售中心调换。电话：010-65233595

目录

情人节爆炸案　　001

春　天　　　　　103

巴　赫　　　　　199

情人节爆炸案

第一部分

1998年2月14日下午

天空浩渺,一只鸟儿忽然飞高,我感觉自己在坠落,便低下头。影子又一次叠在残缺的尸体上,就像我自己躺在那儿。

以前也见过尸体,比如刺死的,胸口留平整的创口,好让灵魂跑出来;又比如喝药的,也只是嘴唇黑掉一点。但现在我似乎明白肉身应有的真相:他的左手还在,胸部以下却被炸飞,脏器、血管、脂肪和骨头犬牙交错,像集成电路板,挤在一个横截面里。这样的撕裂,大约只有两匹种马往两个方向拉,才拉得出来吧。

五米外,躺着他烧焦的右手;八米外,是一堆破烂的肠子，和还好的下身；更远的桥上，则到处散落着别人的人体组织和衣服碎片，一片血肉模糊。桥中间的电车和出租车，像两条烧黑的鱼，趴在那里，起先有些烟，现在没了。

上午我往桥上赶时，已看到小跑而回的群众在呕吐，我也吐了。现在风吹过来，我还是撑持不住。我抱头蹲在地上，可是又觉得那尸体自行坐了起来，在研究自己可怕的构造。我猛然看了一眼，他还是面目模糊，一动不动地躺着。我便被这孤独弄得可怜起来。我拨打媛媛的电话，对她说：我爱你。

媛媛说：你说些什么啊？

我说：我要保护你一生一世。

媛媛说：你没事吧？没事的话我挂了。

我真想抓她衣领，告诉她，我庄重地说"我爱你"，并不是因为今天是情人节，而是因为一颗很小的炸弹，像撕叠纸一样，撕了很多人。很多人，虎背熊腰的，侏儒的，天仙的，丑八怪的，说没就没了，说吃不上晚饭就吃不上晚饭了。

可是等找到合适的词，电话却响起嘟嘟的声音。

我扯开嗓子，大喊脏话，天空轻易地把声音收走。我又将手机摔向石块，那东西跳了一下，找草丛安静待着了。我慢慢靠上树，滑落到树根，坐成一尊冷性的雕像。不久，媛媛的电话打过来，我又知道这雕像内部其实埋藏着汹涌的水。媛媛一说"对不起"，我的泪水便冲出眼窝，哗哗地流下来。

我说：我只是想见到你。

媛媛忽然明白了，带着饭盒往这片距大桥二十七米的树林赶。她气喘吁吁的身影越变越大，我挣扎起来，展开双臂，摇摇晃晃地迎接她，抱她。她的胸脯踏踏实实地顶上我的胸脯，我便像靠近篝火，身体生出一层层的暖来。

用勺子掏完饭盒里最后一口饭后，我静静看着发怔的媛媛，说：我吃饱了。

媛媛的口里冒出蚊子般的声音：我背叛你了。

我说：你说大声点。

媛媛摇着头说：对不起。

我慢慢走过去，抱住她，抱得紧紧的。后来，身体燥热，我去翻她毛衣，可媛媛眼含泪花，总是摇头。媛媛说：说你原谅我。

我说：孩子，我原谅你。

然后我将毛衣拉下来，却看见她的上身跟着一起被血淋淋地拉下来。我突然醒过来。眼前哪里有电话，哪里有媛媛，眼前只有一片灰茫茫的空气。

1998 年 2 月 14 日傍晚

远天变成硫磺色时，一个白衣老头一截一截变大，走向这里。我想这就是要等的北京专家，挥舞着手迎上去。我想告诉他，远地儿没尸体了，我们一起回去吧。可他却像个收破烂的，走走停停，拿着枝条在地上辛苦地拨来拨去。

我赶到他面前，敬了个礼。

老头抬起长着吊睛的大脑袋，说：会阴很好，臀部也不错。

我闻到此人嘴里喷出的臭气，心里一下热乎起来。可是老头又撂下我，在一边蹲下了。他戴好手套捡起那只烧焦的右手，眯着眼看了很久，又小心放下。

看到那躺着的上半身后，老头用枝条指着它说：你看，胸部以下没了，是什么情况？

我说：距离炸弹应该很近。

老头说：不，是炸药，你没闻到硝铵的味道吗？你能形容这一路的尸体吗？

我说：都是血肉模糊。可能有的伤重点，有的伤轻点。

老头说：你长长脑子。车边是不是有两具整尸？他们的衣服是不是还在身上？上边是不是还有一些孔眼？

我说：是，是。

老头说：说明什么呢？

见我没反应，老头又说：说明不是炸死的，是被冲击波活活冲死的。你想，人飞出来，先和车窗有接触，出来后又撞向地面，是铁做的人也报废了。但是他们顶多只是炸裂伤，不像面前这具，明显是炸碎伤。炸碎了，就说明他待在爆炸中心。你看他右手飞了，说明什么呢？你说说看。

我说：他身体右边靠近炸药。

老头说：准确说，是他用右手点着了炸药。

老头又说：他的会阴和臀部保存得不错，又说明什么呢？

我想到会阴和臀部对位，很难同时完好，支支吾吾起来。

老头点着我的太阳穴，说：都给你指得这么明了。他是蹲着点的。蹲着，炸药就炸不上屁股和会阴了。

老头又说：在离电车西南方向三十米处，我们找到另一具断开的尸体。他的两只手都炸飞了。你说因为什么？

我说：可能两只手抱着炸药。

老头说：总算对了。你看，现在我们基本可以画出电车爆炸前的样子了。左边多少位子，右边多少位子，坐什么年纪、什么身高的人，坐哪里，什么坐姿，我相信都可以画出来了。司机的位置在这里，毋庸置疑。我听说司机受伤不重，这就说明他距离爆炸中心偏远。这样我们可以判定，爆炸中心在车厢后部。到目前为止，我们只找到两具躯干断开的尸体，而且分别被抛到西南和东北方向的最远处，这说明是他们引爆了炸药。情况就是这样，他们待在一起，一个面向司机坐着，双手抱炸药，一个背对司机蹲着，点它。至于其他人，复位也容易，损伤重的靠炸药近，损伤轻的靠炸药远，右边受伤说明右边靠着炸药，左边受伤说明左边靠着炸药。这样，我们就可以把几具特点鲜明的尸体请上车了。我感觉那个背部一塌糊涂的男子，当时在歪着身子亲别人。我感觉还有一个小偷，他的手被破损的皮革缠着，像是要抓什么东西，却什么也没有，我估计是钱，钱烧掉了。我还听说售票员没事，但是面部一团漆黑，我估计她当时应该发现了情况，想过去看，结果刚一抬脚，炸药炸了。

老头说到此时，见我汗如雨下，很没意思地丢下树枝，说：可以收了。

我郑重其事地戴上橡胶手套，把尸块和衣物碎片分门别类，小心翼翼捡入塑料袋，又装进编织袋。我的腰一次次弯下，很快没力气了。我想歇息下，又不敢，只是默念，事情总会结束的，结束了就回家拉媛媛的手，鞋也懒得脱，睡死过去。

收拾停当后，我挺了好几次腰，心想老头会和我一起抬编织袋。可他却傲慢地丢下一个眼神，打着手电，跟着一晃一晃的光芒，先走了。我把编织袋扛上肩膀，抬头望了眼大桥。那里，在忽明忽暗的警灯照耀下，人影憧憧。像是尸体一具具地爬起来，在那里团聚。

1998 年 2 月 14 日晚

下车后，我看见刑侦大队操场好像是屠宰场，堆满大大小小的编织袋。副大队长仿佛算账师爷，在昏暗的灯光下点数。不一会儿，他扔掉本子，大步流星地走来，两只手抓住老头一只手，摇起来。

我打开车后备厢，把鼓鼓囊囊的编织袋抱出来。同时小心听他们说话。副大队长说已经数出来二百零二袋，吓人哪。老头说没什么没什么。我怕老头接着说，你们这儿怎么还有这么弱智的警察。

卸好编织袋，我过去向副大队长汇报，副大队长唔了一声。我就要像个屁飞走，不料他伸手把我拉住。副大队长说，你带首长去洗澡。我好似驴儿卸下负担，又被安排驮上重物，心里叫苦不迭。

澡堂里，水柱砸向马赛克砖，发出哒哒的声响。我拿毛巾狠搓身体，生怕有血迹没有搓干净。我看到老头走向更衣处，在那里用干毛巾搓隆起的腹部和灰白色的下身，像搓一只伤痕累累的皮球。我把头伸到水柱下面，想你老快点走啊。

老头坐在那里抽烟。眼见抽完一根，又接上一根。

我穿好衣服后，老头说：走，一起吃饭。

我说：我还是不去吧，我去不合适。

老头喝斥道：让你去，你就去。

我是在那时知道绑架一词的，好似刚和首都的情人度过第一个甜蜜的夜晚，便被差役架着往发配地走了。我每往酒店走一步，就觉得媛媛的身体往水里淹没一截。走到门口，亮如白昼的灯光扑来，我心里咯噔一下，看到媛媛彻底沉入水中。湖面一片寂静。无数亲热讨好的"你好你好"声纷至沓来。

进包厢后，副市长起立鼓掌，隆重介绍：这位就是张其翼张老，公安部首批特聘的四大刑侦专家之一。大家欢迎。

老头也不谦让，坐向上位，然后朝桌上扫视。那里好似开了个菜园子。百合、土豆、苦瓜、茄子、青菜、玉米，样样都有。可谓百花齐放，百家争鸣。他冷笑道：你们做西红柿鸡蛋汤是不是连鸡蛋也舍不得下？

副大队长鞠躬道：主要是怕心情不很好。

张老说：心情不好算什么，心情不好也要吃饭啊。

副市长忙拍巴掌，把服务员喊来，说：有什么风味特产、拿手好菜，尽管上。

又对张老说：我们地方小，不懂规矩，张老不要怪罪。

张老说：不怪。就来三瓶二锅头，一盘红烧肉，一盘腔骨，一碗猪肘子。小妹，速去。

我忽然像被捅了一刀。世上拖累人的事莫过于喝酒。敬了，还要还敬。还敬，还要还还敬。一会儿喝到"中央"，一会儿喝到"地方"。好像高利贷，利上滚利，息上生息。不喝到东方既白是不可能完的。我低头，在喧哗声中聚集精神，盯着手机看。那上边的时间许久不变动一下，一分钟漫长过一世纪。那屏幕上写着四个字："中国移动"。我像课堂上憋尿的学生，坐立不安。我努力去想媛媛长什么样，一时想不起来。

正迷糊间，忽听副大队长对我喝斥：老二，干什么呢？

我抬头，看见红彤彤的肉片、肥硕的肉块和拦腰斩断的骨头，就在眼前，冒着欢腾的热气。张老夹好一块，要赏赐给我。一股什么东西呛上我的咽喉。张老说：闻一闻，很香的。

我紧闭双眼，生生把要吐的东西吞回去。张老嗤了一声，又夹上一片送到嘴里去咬。同时招呼大家：吃，吃。

大家说好，却只用筷子去拨动蔬菜。肉汁不时从张老唇间飞溅出来。我看得魂飞魄散，低头去瞅手机。没有"未接来电"的提示。我想把它恢复成鸣音，又怕不懂规矩。抬头时，见张老从碗内夹出一块肘子。大家唯恐被点名，埋头扒饭，一个个把口腔塞得严严实实。张老见没人要那肘子，愤愤然把它丢回碗中。油汤猝然溅出。副市长控制不住，哇的一声吐了。我们受领导的启发和带动，一个个鼓起嘴来要吐。张老大嗤：你们干什么公安？拂袖而去。我们面面相觑，不敢赔罪，也不敢挽留，只盼他走得快点。他一走，我们就自由了，就欢快地吐起来。有的吐完，觉得不到位，看看桌上残剩的腔骨，继续吐起来。

我擦嘴时看到同事在揉太阳穴，便问：你白天不是收尸吗，怎么也怕？

同事说：白天收的是东西，晚上吃人哪。我想事情就要结束了。谁料副大队长击掌，说：今晚通通加班。我忽然觉得一点自由也没有，想辞职，立马就辞。可是又有声音告诉我，你这是命，而且是条好命。

我想和媛媛说一声，又害怕这样是把自己丢到砧板上，供她劈头盖脸地剁。我想她打电话过来就好了，我的声音像生病一样，她就能理解了。

我拖着疲惫的身体走向大队,听见一阵嘈杂的声音。还没反应过来,就被一伙人围住。他们抓我的手臂和衣服,或者给我下跪磕头。我张皇失措地说:往好里想吧。有个把粉底哭花了的中年妇女说:什么叫往好里想?我没工作,孩子要读书,怎么往好里想?

我想走进去,被她紧紧抱住一条腿。我甩不是,不甩也不是。她大概说老公本应加班去了,厂里却说没去,本应上午坐电车回,也一直没回。我走不了,心想这样也好,就卡在这里,和你耗着。那女子见我发愣,摇动我的腿哀求道:你带我进去看看,就是化成灰也认得。

我说:别多想了,明天,明天我们贴通知。

1998年2月14日晚—2月15日凌晨

进大队里后,手机总算响了,传来的却是副大队长的声音。他以为张老吃饭带我,就对我有好感了,就要我去服侍这修炼九世的更年期。

我叫天天不应,叫地地不灵。

来到烟雾缭绕的办公室后,我沉默地坐着。张老抽烟,喝茶。觉得口里湿了,又点烟抽。根本投入在自己的世界里。有时痰哗的一声从他嘴里飞出来,我还觉自己是痰盂那样的容器。

张老开始拼接堆积如山的草图时,我想我画的现场图也在里边,就走过去。后来我鼓足勇气说:这张好像应该拼在这里。

张老挥手说：走开。

我一时傻了，站着一动不动。张老又说：求求你，走开行不行？

我这才像得到裁决，走开了。但不知是该走到桌边，还是门外，一直磨蹭着。直到后来，才试探性地坐向门旁的沙发。在那里，我将手机调为静音，颤巍巍地点上烟。心里呢伸出两只巴掌，不停批张老的面颊。

张老的手机响过一次。张老朝其吼：你不打电话会死啊。然后把手机一把拍向桌面。我哆嗦了一下。接着想这不是我一个人的问题了，这是所有人的问题。所有人都有问题，就说明你张老才是有问题，神经病。

后来，张老拿出尺、笔，在一张白纸上画了几笔。想想把它揉掉，扔在地上。如是往复，好似有了一点进展，副市长又带队，端着一盘西瓜前来慰问。副市长说：不急这会儿，不急这会儿。

张老取了一片，一口吃掉，然后说：还要吃吗？

副市长脸色煞白，自己找了个台阶，转身走了。

人走了，张老就仰躺在椅子上，翻来覆去地叹气，好像很惨的样子。比大富豪破产还惨。我听到他说：严丝合缝的东西又被破坏了。

我想我待在此地为何呢。我不时去看手机，看来看去，还是"中国移动"那四个字。

我想，媛媛自己安排自己了，媛媛不在乎我了。而我呢？一直是她的囚徒。她说有光，于是就有了光；她不说，天下就黑暗了，我在夜雨中孤苦伶仃地走。

我恍惚觉得自己是暴怒的法官，手上提着皮鞭，围着她走。我说，我给过你很多东西，比如钱、信任，还有任何的秘密。可是却不知道你在想什么，想着谁。我看到这名嘴角带血的烈士轻蔑地说：我为什么要说，我有什么好说的。我被这轻蔑侮辱了，就想用刀剖开她的心脏大脑，看看里边到底埋藏了什么真相。但这就是人类最大的遗憾。你永远无法像知道自己想什么一样，知道别人想什么。别人就是封闭而坚固的城堡，媛媛就是城堡。在冥想的尽头，我扔掉屠刀，哭着跪下来，恳请城堡的主人开恩，给我一个裁决：要么让我活，要么让我死。

这样悲惨的字眼见要从口中冲出，我惊醒过来。在灯光的照耀下，张老好像一幅剪影。我想媛媛应该睡了，今天不用多想了。

今天就这样了。

将近凌晨一点，张老才完工。他一连对我招手，将我叫过去。我走过去，看见桌面上已摆放好两张精密的电车复位图。火柴人或坐，或立，或躺，或蹲，一目了然。合计死十五人，伤二十三人。以前，我见过的示意图多是线条朝外奔，这里却是往里奔，往电车奔，就好像尸体们沿着抛物线飞回去了。

张老说：怎样？

我说：像艺术品。

张老有些不好意思地笑了。张老说：两张图之间还是有误差的，爆炸中心彼此差了一尺。我们差一个具体物证，有张草图上注明有螺丝钉，我已看过原物。这颗螺丝钉是哪里的，将决定爆炸中心在哪里。现在，你打电话给公交公司，叫他们开辆同样的电车到桥上。

我说：现在？

张老说：当然现在。

是夜，一辆同品牌的电车开到被炸车旁边。我们封锁好大桥交通，静观张老脚套塑料袋，手提电筒，在两辆车间来回奔走。他不厌其烦。弄了有一刻钟。然后说：电车上的螺丝虽然脱离，但基本能找到，就是倒数第二排连车座带螺丝一起飞了，说明爆炸中心在那里。你们配钥匙，固定好钥匙，就能配另外一把了。道理一样。

说完，张老又找了两名刑警上新电车，让他们时而侧身坐着，时而正常坐，时而蹲下来，时而双手抱着东西，时而低头，时而把头歪向一边，咔嚓咔嚓，拍下不少照片。我想到美国大片的特技模拟技术，忽然觉得事情也很简单，可我们普通人毕竟是想不到。

回来后，张老改了改复位图，对着副大队长宣读：爆炸中心距车地板十厘米、左壁五十五厘米、后壁一百零四厘米，在倒数第二排单座的右下方。爆炸物系硝铵炸药，炸药应为十公斤。现场未搜到导火索，但可考虑为导火索引爆。你们可去查炸药来源。爆炸前乘客动作基本测出，除待在倒数第二排单人座的两位乘客有嫌疑外，其余人处于无知状态。因此，嫌疑人应基本锁定这二人。就是第十二号和第十三号尸体。你们可以重点查访。

副大队长说：张老真神仙也。

张老说：罢了。

1998 年 2 月 15 日下午

我从混沌中醒来，已是次日下午。手机躺在沙发边，像是深藏不露的门房，将告诉我，这十余个小时里谁关心过我，慰问过我。我想显示屏上或许记载着二十个、五十个、一百个未接来电。都是媛媛打来的，媛媛很焦急，平均十分钟打一次。我得赶紧回个电话去。

但那里空空如也。

我想欠费了，又觉不可能，心里一时愤恨到极点。我就是在车上爆炸了，她也不会来看看尸体；就是被抬进棺材里，她也不会来洒一滴泪水。

我想想还是拨过去。电话嘟一下，歇息一下，好像公布答案之前在倒计时。我的嘴唇哆嗦起来，我会跟她说什么呢，我甚至都怕听到自己的声音了。那嘟嘟声又无休无止地漫长起来。到最后有个普通话很好的女子出来说客气而冷漠的话。对不起，您所拨打的电话暂时无法接通，请稍后再拨。

对不起，您，请。

Sorry, the number you dialed is busy now. Please dial it later.

我咬着腮帮，硬坐在那里。这时，张老走来问：醒啦？

我仓皇地笑笑，看着张老又鬼魅般走远了，嘴上还说：又说废话了。

我问：饿吗？

张老背对我摆摆手，说：不用了，挺麻烦你们的。

我问：张老您这是怎么了？

许久，张老才搬椅子过来，对我说：孩子，你觉得图纸很精细，像艺术品吧。

我说：是。

张老说：我每次制图时也很兴奋。我总想看到事物回到它应有的状态。现在，我把乘客画回到昨天上午十时零八分。我看到他们什么情况也不知道，坐到车上。有的想着上班，有的想着回家，有的想着发财，有的色胆包天。我也看到那两人，一个闭眼，颤抖着的手抱着炸药，一个把头凑到炸药包上看，镇静地将火苗移向导火索。火光一定照向他的脸，显现出他兴奋的眼神。我看到这一切。然而，有一个声音告诉我，你看到又有什么用？

我说：怎么没用？

张老说：就是没用。我也测算出了爆炸中心，可是测出来又有什么用？你们只要上车，看哪里损坏最大，就知道哪里是爆炸中心了。你们也很快知道是路上引爆的还是车上引爆的。而炸药成分，你们也能化验出来。民用炸药都是在矿上用的，都是硝铵，学名叫硝酸铵，有的叫硝酸钠，都知道。还有，即使你们在现场查不出引爆人，通过认尸，排除出好人，也能查出。关键一点，我记得你第一次见我，就说那具尸体应该靠近爆炸中心。你说你都知道了，我论证这么久有什么用？

我说：张老千万别这样说，没您我们一筹莫展。

张老说：到目前为止，还没有国际组织声称负责，也没人自首。不过，自杀性爆炸，凶手往往留有遗言。你说，人家遗言都留了，我论证还有个屁用？好像人家留遗言是为了让人炸一样。不可能。写遗言就是为了炸人，炸自己。

张老一边说一边拍打大腿，叹息自己一把老骨头，耽误在这没用的事业上了。

我说：我就不信善恶没有报应。

张老说：哎呀，你说到我痛处了。最痛苦的就是这个。凶手无法起诉，你有气出不了。你判他死刑，他早把自己弄死了。他甚至把自己给凌迟或五马分尸了。你能对着他的尸体残块再补上几刀吗？昨晚我去现场复查，也是想看一下，有没有可以起诉的活人。我想还存在一种可能，就是这两人也是无辜的。他们虽然处在炸药边,导火索却是别人点的。但我在现场找人一模拟,就知道不可能了。大白天的,长距离引爆炸药很容易被发现。

我说:您肯定逮到过那种陷害他人的。

张老说:前年在五〇一国道逮过。那次爆炸发生在深夜,卧铺车上的人都睡了。现场表明,一个在上铺休息的女人,腹部和双腿被炸毁。损伤超过其他人。当地公安认定是自杀。我说你们还年轻,低估了别人的智慧。我这么说,是因为看见一名伤员,其腋窝和脚板有伤。我的理由很简单,只有点着导火索然后找地方趴下的人,才会暴露腋窝和脚板。后来案件告破,情况就是这样。死者母亲还说,怎么也不会想到是他。但这样让我感觉自豪的案件,却很少发生。有些大案要案,侦破起来工作量巨大,我多半只是出出现场,还原一些数据。真正破案的是你们地方民警。我说白了,就是一个前期打杂的,一个帮手,可有可无。

我说:您为什么出过现场还能大酒大肉地吃喝?

张老说:你平时见尸体,损伤不严重的,肯定也能吃喝。我只不过见多爆炸的尸体。已经无感了。其实也吐过,吐是因为那次爆炸超出我的想象力。那是在一座旧庙。我赶到时,看见一座铜钟立在庙前。钟身上有裂纹。把钟撬起后,能闻到一股刺鼻的味道。那味道比尿素还冲,几乎要放倒我们。钟里面黑黢黢的,什么也没有。擦眼细看,又看见肉末和骨渣粘在壁上。我意识到自己没看到一滴血,血他妈被剧烈的高温烘干了。我一下吐了。我说:我是公安部的钟馗我他妈都吓坏了。

我说:是人都要吓坏的。

张老说:是啊,我从没见过对人这么彻底的销毁。我感觉死者被五花大绑,罩在钟里。他一定叫了很多次娘。外边的人站在遥远的田野里,对他进行一道道宣判。然后挑选一人,就像举办奥运会挑选一个人点着奥运火炬一样,点着导火索。火沿着引线向前燃烧,发出呲呲的声音。那是天下唯一的声音。死者一定全身紧绷,眼球也睁到最大。他亲眼看着那红色的虫子钻进来,沿着他的大腿往上爬。他想跳,跳不起来。想逃,无处可逃。爆炸准时发生。像有亿万颗子弹同时射来。一个人再也不会有任何完整的器官,他被彻底地消灭了。

张老说:铜钟自己大概也受不了,蹦了几次,才重新落在地上。

我说:人为什么会用炸药呢?

张老说:这问题很好,很重要。我开始研究爆炸时,被现场所见刺激,总觉得爆炸这样的事应该是人害怕去碰的。就是想一想,也很可怕。可是一旦生活中碰见各种不服,碰见各种委屈,比如女人被拐跑了,就又恨不能把那人以及他的亲朋好友,一起炸个稀巴烂。

我说:是呀。

张老说:仇恨带来的。人很奇怪,人在杀人前是不会觉得自己有错的。一旦杀完，又对自己的行为深感痛悔。我想那两人要是能看见爆炸后的自己和其他人，一定悔青肠子。

我说：死了看不见。

张老说：是呀，生前却做了炸药的奴隶。或者说：力量的奴隶。我这么说，你可能不理解。我就问你，你小时候是不是老盼望着成为大孩子？你点头，那就是。成人和小孩的最大区别就是力量。成人可以把小孩一脚踢飞，小孩反过来不能这样。这个世界就是这样，你有力量时，就会受这个力量驱使。大孩子打小孩子，不是他要打，是他体内的力量驱使他打。你看你原来的同学，考上大学的，都是文弱书生，考不上的，个个身强力壮。一个人拥有了力量，就能很快在社会谋得一席之地。也就懒得考什么大学了。

我说：有的漂亮女孩也这样。她们不考大学。

张老说：没有力量的呢？就想借助工具。卡尔·马克思说，工具是肉体的外延，是猴子变成人的原因。我双拳打不过你，但是用刀，就能捅死你。炸药是上帝添加给弱者的砝码。炸药比刀好用，速度快，不会好事多磨，且杀伤力巨大。你想想，就那么一下，形成大规模的爆炸面，钢都能炸瘪，何况人。而且它还能掩盖罪证。如果设计得好，就是谁死了也查不出来。

我说：是。

张老说：弱者的不安心态，容易转化为对工具的迷恋。我们小时候做木枪，欢欢喜喜地用它，就是想从里边找出自己的英雄气。对炸药也是这样。很多人可以捕鱼，可以捉鱼，他们就是觉得这种方式太文雅，所以用炸药去炸鱼。仿佛一炸，本地人都会投来敬畏的目光。我见过不少没手掌的男人，蠢得要死，炸药响了，才知道往水里扔。说明什么呢？说明紧张。紧张了想扔，又怕扔水里导火索灭了同伴笑话，就错过了扔的时机。就是这样一个显而易见的表明一个人懦弱的证据，他们还乐于显摆。人家一看，用过炸药的啊，非常敬畏。其实狗屁。

我说：自杀性爆炸，人自杀就自杀，为什么要带上别人？

张老说：你装糊涂吧？你以为纯粹是自杀吗？你以为他们的敌人是那些乘客吗？

我说：他们是报复社会吗？

张老说：是啊。你看电视里播的自杀性爆炸，如果引爆者强大到可以管理别人，就不会采取这种手段。采取这种手段的唯一理由就是，我扳手劲扳不过你，打架打不过你，所以要靠炸弹来实现彼此的平衡。就像人和墙，我对墙提出要求，墙不会回答。我殴打墙，墙连还手都不会。但是一上火药，墙和你的区别就消失了。对那些人来说，墙也许只是缺少一个角，但这个角足以让整面墙都意识到。昨天的爆炸案也是这样，全国都知道了，整个社会也知道。如果凶手留有遗言，它就会被广泛传播。大家就会好好看他写了什么。而平时，他们说话谁听？

我说：会不会有人仅仅为自杀而使用炸药？

张老说：有肯定有，不多。我觉得用炸药还是想说出点什么。这炸药就是扩音器，就是一个人讲话前故意的干咳。就是想提醒大家，注意听我说啊，我不满。

1998年2月15日晚

张老晚饭没吃，仙人一样遁走。据说华北有个炸药车间出事，死的人比这边还多。他在的时候，我并不喜欢他。一旦不在了，我又盼望他在。空闲时，我总是去想媛媛，以及我和她之间过于不祥的感情关系。我屡次想打电话，质问她为什么对我如此冷漠。

当然，这样的电话也打出去了。那边长时间没人接听，嘟嘟的声音像是在嘲笑我。我想她是在以故意不接的方式，让我误以为她有事。我想你干吗不直接挂断呢？我脾气很犟，一次次地按重拨键。我想就是吵，也要把你吵死。这样神经质地重拨多次，不料电话通了，媛媛的声音从话筒传来。我措手不及。

媛媛说：你干什么啊？

我说：不干什么，就是想你，担心你。

媛媛说：你喝多了吧？

媛媛又说：有事吗？没的话我挂了啊。还要开会呢。

我说：当然有。

媛媛说：什么事？

我说：这么久了，你就不能打个电话吗？

媛媛说：你还好意思说，有女的给男的打电话吗？

我说：是啊，我是男的，我打给你，但是哪次你又和我好好说话呢？

媛媛说：什么又是不好好说话呢？

我说：这样就是。

媛媛说：你不知道人家忙吗？

我本想说"你是不是有了别的男人"，说不出口，挂了。我用手按显示屏，按到"中国移动"四个字变形，手机彻底坏了。我把它摔到地上。用脚猛踩。

晚上回家，妈妈见我脸色凝重，问发生了什么事，我说不出口，只是躺在床上翻来滚去。妈妈端来猪心桂圆汤，说：趁热吃了，别生气，女人有的是。

我说：不是那回事。

妈妈说：我不管是怎么一回事，你是我儿子，你给我吃掉，身体要紧。

妈妈又说：我一早就看出不是什么好东西。

我说：别说了。

妈妈出门，找张姨、王姨去说。她们议论的声音越来越大，大到整条街都能听见。比如媛媛她老娘是卖糕点的，一天没几角钱利润，年终奖都没有，到哪里找这么好的女婿；又比如为了赶在国庆节结婚，挺好的房子又装修一遍，花了好几万元。几万元不是钱啊；又比如过年过节，又是送茅台又是送铁观音，自己都喝不起，全孝敬给她一家。现在好了，孝敬出潘金莲来了。

我推开窗户喝斥道：别说了。

王姨、张姨赶紧把我妈推回屋。妈妈好似不服气，又加上一句：就是那样，本来就是那样。

那夜，我看到媛媛挂在衣柜里的一只拳头大小的内裤，想到她窄小的腰身，如今或许躺在另一个男人身下，扭摆，呻吟。我去撕扯那内裤，撕扯不开，就把它揉成团，丢进垃圾桶。然后我斗志昂扬，把媛媛留在这儿的东西，什么口红啊本子啊浴帽啊，花花绿绿的，全扔进纸箱里。

夜晚有些清冷的月色倾泻到床上。我一直睁着眼瞎想。我想未来肯定有这样的对话——

我说：我以后再不打电话了。

媛媛说：好吧。

我说：再不骚扰你了。

媛媛说：好吧。

我说：分手吧。

媛媛说：好吧。

我想媛媛一直在等待我忍受不了折磨，先提出分手。

这几乎是她最后的仁慈和良心。

1998年2月16日

次日上午，我往办公室赶，穿过几十号法医，看到到处是胳膊、大腿、皮肤、骨头、内脏、肠子，它们像卤制品滴着黑色的血。我好像觉得自己已经死了，是在阴间。

中午开会，墙上贴满十五张素描遗像。

副大队长说是省厅神笔马良根据拼接好的尸体还原出来的。十二号、十三号尸体因爆炸过度，只能还原一点点。我睁大眼睛看了看，那两张面孔好似一大一小两只鸡蛋。副大队长说：兄弟们，现在你们要做的是把群众放进来，让他们领人，谁领到这两具尸体，谁就是嫌疑犯的家属。

我刚走到尸体边，点好烟，那些来认亲的男女老少就从打开的铁门那儿喊叫着冲过来，跑向一具尸体，又跑向另一具。不知是谁抢到先手，找准一具，哇地哭起来。哭声很快传染开来。我想起我爸爸。我爸爸听说我掉到湖里，沿着岸边跌跌撞撞地跑来。一下没跑好，竟然绊倒自己，重重摔倒在地。我看见，从人群中跑出来，去扯他衣角。他看了眼我，不信，又看一眼，哇地大哭起来。

我现在也想哭。我没有再看他们。

如此喧闹很久，像是有抽水马桶，将喧闹抽走。大家跪在地上默然烧纸，收拾尸骨。只有前天碰到的打粉底的女人，还在念叨：他爸你享福了，享大福了。我知道她丈夫恰如张老所言，到死还在亲别人的嘴。她现在很难处理这个问题。后来，几名浓妆艳抹的发廊妹被带过来，交头接耳，指着一具女尸说：就是她。打粉底的女人站起来，掐她们，把她们全吓跑了。

打粉底的女人还跺着脚大骂：众人养的，婊子养的，鸡，鸡。

我几乎是茫然地跟着念：鸡，鸡。

打粉底的女人消停后，我看了眼天，感到寂寞和寒冷。我闭眼，想睡过去。仿佛睡过去，事情就会自动完结。后来当我从假寐中醒来，情况恰是这样。夕阳、群众和十三具尸体，全都消失了。只有十二号、十三号尸体还躺在地上。我打起精神，重新审视他们，像审视没有谜底的谜面。我看到他们躺在飞速流逝的光阴里，急剧萎缩，失去皮肉，然后骨头也风化了，被风吹走。他们飘走时，挑衅地大笑。

媛媛跟着在空中挑衅地大笑。

我想，如果我即刻死掉，一定死不瞑目。我理解了去年那个杀人的精神病人。因为朋友说了一桩关于他前妻隐私的传闻，他失态而至疯癫。尔后在精神病院也一直不能安静。他翻墙出来找到这位朋友。朋友告诉他，他的前妻很清白。他不信，连捅朋友两刀。当时我觉得这个人的行为听起来不可思议，非常恐怖。现在却有点理解他了。

回到家后，我干呕了一会儿，不想吃东西，躺倒在床上。妈妈说：吃点吧。

我说：说了不吃。

妈妈擦着围裙讪讪离去。未几，又推门进来。我懒得理，偏头装睡。妈妈似乎是给自己打了一会儿气，才说话。她说：老二，我也不知该说不该说。你就想到一点，家里什么都好。

细水长流,留得青山在,不怕没柴烧。

我说:你说什么呢?

妈妈说:媛媛和她科长好了。

我说:你说什么呢?

妈妈说:我问到了,最近她和她科长去长沙出差了。

我说:出差不代表什么。

妈妈说:唯愿什么事没有。但是做父母的不喜欢这样的媳妇,你不要跟她来往了,不值得。

我挥挥手。

妈妈说:你答应我,心里想开点。

我说:没事的,他也是喝我洗脚水,我早就不喜欢她了,正好。

妈妈一走,愤怒的火苗就蹿到我的脸上,我的眼睛里。我一跃而起,在房内走来走去,将妈妈整理好的属于媛媛的物品一一掀下来。有只花瓶栽着枯萎的玫瑰,掉下时竟然没摔碎。我捡起来重新摔,它才清脆地碎了。我又快步走向客厅,拿指尖疯按电话键盘上的数字。一连按错三回,最后才成功了。

电话接通后,我劈头就喊:别他妈又有事,长沙很好玩吧?出你的差去吧!

媛媛说:出差怎么了?

我说:你明明说开会。

媛媛说:对啊,出差就是为了开会。

我说：装什么糊涂，分手吧。

媛媛说：好吧。

我说：你来把你的东西取走吧。

媛媛说：不要了。

我说：是你的东西，你自己取走，否则我扔了。

媛媛说：扔吧。

我说：那你把我的东西还给我。

媛媛说：好吧。

我说：你还是烧了吧。

媛媛说：好吧。

我说：别好吧了，你记着，过年时我去你家，给了你两千块。

媛媛说：我还给你。

我说：当然要还。

媛媛说：今天你是不是疯了？

我说：你他妈才疯了，自己心知肚明。

媛媛说：我没法跟你说。

然后电话挂了，媛媛消失了，好似在街头吵架，对面突然蒸发了。我看着自己遍体鳞伤。当淌下的眼泪经过嘴角时，我的怒火又被重新点燃（它本来就没熄！）。我重新拨打电话。拨过去一次被挂断一次。最后接通了，我却衰竭得喉咙只剩嘶嘶声，什么话也说不出来。

媛媛在那边说：早点休息吧。

我将话筒摔到桌上，走向窗边。我想媛媛你给我记着。今天的事你给我记着。我打开窗户，听见妈妈在楼下和张姨、王姨大声说话。王姨说：早看出来了，上次那边亲戚告诉我，说是天天坐车，手里还捧九百九十九朵玫瑰花。张姨说：我也早就知道，说是两人走在路上十指紧扣。叫老二莫生气，惹进门来才麻烦呢。

我说：张姨、王姨，你们早知道了，怎么不告诉我？

妈妈恼恨地看向我，见我神色不对，马上回来。妈妈擦拭着我脸上的泪痕，说：气是生不完的，自己身体要紧。你答应我，别难过了，别为女人生气。

妈妈又说：两个阿姨也是欢喜，你说你娶这样的女人进屋，一整条街的邻居都不喜欢。以后说话别那么直接了，她们也是怕媛媛做你媳妇了，不能得罪她，所以不说。现在做不成了，不就说了？

我不愿听，走入卧室。妈妈要跟进来，我把门反锁上。妈妈敲门，我大声说"没事"。我拉灭卧室的灯，找到一瓶白酒，举起它，一口一口咕咚咕咚地喝。我身上逐渐注满热气。躺在床上时，我感觉自己前后左右、东南西北，在空中翻滚起来。

我想：我要是组织同事或者联防队员去打这对男女，他们就会掏出创可贴、红药水和云南白药，说自己和小偷带止痛片一样，早知道要挨打的，请打吧。我要是说你们真贱，他们会说，是啊，我们太贱，贱得不行，七八代以来都很贱。我要是说把你们关起来，他们又会说我们多少还是懂得点法律知识的，这样吧，我们是模范市民，自己申请去拘留，拘留十五天后咱们算是两清了。

我想我这是和自己在说相声。我什么气也出不了。

我提上枪，勒紧腰带，拉开卧室的门，穿过客厅，去开防盗门。平时很好开的门，现在不知道怎么，转了几圈也没转开。妈妈听到声响，穿着睡衣，赤足，跑过来。

妈妈说：你要去干什么？

我说：有点事。

妈妈说：你不能出门。

我说：你管不了。

我并且还说：滚。

妈妈拉开我，张大双手，将我拦住。她说：我就不滚，今天你怎么也出不了这个门。

我把妈妈拉向一边，继续拧锁。门这次弹开了。不过妈妈又对我喊：老二，你看看。

我扭过头看，她抱着我爸爸的遗像。

我说：你想多了，媛媛不是还在长沙吗？

妈妈说：那你出门做什么去？

我说：我去散心。

妈妈说：我陪你去。

我说：还是回吧，都回。

我把爸爸的遗像摆放在它应该被摆放的位置。在照片里，他极为严肃。他就是这样的人，一生没有开过一次笑颜。

1998 年 2 月 17 日

次日，妈妈陪我打车到大队门口。我进门后又出来，看到一辆公交车冒着烟跑了，妈妈不见了，才脚步轻飘，脸色发红，恍如隔世地走向办公室。我想到同事，就好像他们正一个一个地在开怀大笑，我想你们给可怜的人积一点德，不要过来意味深长地拍肩膀。可是到了，却发现他们都在忙自己的事，烟抽几口，就掷地上，用鞋底搓来搓去。

从医院回来的说：医院里二十三个伤者，三个快死了，六个暂时脱离危险，剩余十四个什么也讲不出来。司机伤得不重，头发却一下白了，医院里掉下茶缸，他就尿床，声嘶力竭地要求转院。售票员正面受冲击，毁了容，医生怀疑精神失常，建议不要惊扰。还有些伤员虽然神志清醒，却提供不了什么线索。有一个甚至还说：就是你们坐车，也不会研究别人呀。

从炸药厂回来的说：本省的产销储渠道，说是每笔账都对得上，每件炸药都说得清去处，而且炸药外包装和案件中出现的炸药也不一致。从做题目角度说，这是灾难。这意味着省里这个可控范围被排除在外，嫌疑犯可能来自漠河，也可能来自海南，只要属于广阔的九百六十万平方公里，就都有可能。

如果从尸体外观作大胆联想，来自蒙古、东南亚也不是不可能呢。

从停尸间回来的说：认尸的群众陆陆续续来了二十好几个，我们像陪领导参观一样，陪他们走到水晶棺材边。他们歪着头，眯着眼，弯下身子，细细参观尸体。参观完了，一会儿说是，一会儿说不是，磨蹭很久，才羞涩地说，有八成把握不是。其中一位最伤人了，哭得梨花带雨，让我们以为找到尸主了，结果她接到传呼，就笑起来，说：你们看，没死，通了信呢。

从派出所回来的说：社会调查那么容易搞么？本来是可遇不可求之事，哪个派出所、哪个片区偶然找到线索，就破了。现在你投入一百人一千人去做，投一百万元一千万元去做，成果可能还是零。这不叫做下大海捞冰棍吗？

大家都骂脏话。

副大队长脸黑着进来，众人立刻噤声。副大队长一个个看，一个个瞅，瞅得眉毛竖起来，眼睛凸出来，胸腔一起一伏。我们便知道，那股从部长嘴里缓缓生出，又在厅长、局长那里扇了几扇的怒火，终于要通过副大队长的嘴巴发泄到我们身上了。

空气宁静。

副大队长顿顿，什么也没说，竟然走了。正当大家松弛下来时，他又折回来，让我吹气。我吹了口气，看到他整个脸拧成一团，接着从那里露出两颗大牙齿来。

副大队长喊道：你还好意思花天酒地。

我犟着头不回答。

副大队长又来揪我衣领，说：喝了多少？跟谁喝的？

我说：一个人喝的。

副大队长拍打我的脑袋，说：放你妈的屁。都什么时候了，你是不是不想干了？

我说：是。

副大队长说：你再说一遍试试。

我大声地说：是。

大家忽然反应到什么，将我推出门来，问我怎么了。我晃着满眼眶的泪水，什么也说不出来。中队长低声交代：别多想了，回家休息一两天，避避这烟鬼的风头，过几天他手头没烟了，又会到你抽屉里找的。

我匆忙点头，要走掉。忽然中队长又来拔我的枪，我说怎么啦。

中队长说：我先帮你放保险柜存起来。

中队长又说：你别多想，我手下的人谁也开不掉。

我鞠了一躬，在他们错愕的眼光中，头也不回地走了。穿越大门时，好似穿越的是气候分界线，好似整个人忽然扎进茫茫冷水中，竟然想这就是冗长而惶恐的余生。我不知道要走到哪里去，只是脚步要走，左脚走了，右脚就要跟上去。东消失了，南消失了，西消失了，跟着北也消失了。雨开始宽阔而无限制地统治起世间来。

那些男人、女人、老人、小孩，在摇晃的树枝和被雨水砸得铮铮作响的帆布篷下，迈着大惊小怪、有惊无险的脚步，充满信心地朝前游弋，各回各家。只有我像怪物，在伸手拥抱这密密麻麻的惩罚，好像寒冷、痛苦、病痛和死亡才是快乐的本源。

好像高尔基在说：让暴风雨来得更猛烈些吧。

我也在说：让暴风雨来得更猛烈些吧。

我三年追来的女人，三天报废了。

我不可能再看到伞一般豁然打开的笑容，不可能再看到珠玉一般明亮的眼神，不可能将敬畏的身体置放在她的体香旁边，不可能从她微皱的眉头和扭摆的身躯体察到自远方而来的挛缩。那挛缩像浪花、像烟火，水乳交融，恩爱偕老。可是现在，她像是提着铲子把我体内的她生生挖走了。

我忽然如赌徒溃败，忽然像人只剩半边，空荡荡，血淋淋。我晃了好几下脑袋，还是这样，几天前还应有尽有，现在却被剥夺得一干二净。

后来，我勉强朝着电信大楼走去，在路过湿淋淋的栅栏后，我看到修车铺旁边有一家没关门的小卖部，小卖部有一条谈判的线路。

我拨了媛媛的电话。

我说：我承受不住了。

我说：对不起，是我多心。

我说：原谅我吧。

媛媛薄薄的嘴唇在我的想象中开启了，锋利而决绝的牙齿像是早已准备好。

媛媛说：分手是你说的，你说分就分，说好就好。你以为我是什么？

我说：是我不好。

媛媛说：对不起。我不想再担惊受怕了，钱已汇了，你注意查收。

我说：我不想要你的钱，我只是生气找不到出气的。

媛媛说：是你的钱，不是我的钱，你的钱，我还给你。

我说：好吧，还吧，我也接不到了。

我说：我活不下去了。

媛媛静默了很久。

我说：我活不下去了。

媛媛说：对不起。

我说：我想见见你。

媛媛说：对不起。

我说：我想见见你，我他妈活不下去了。

可是电话挂了。那最后几个字还在我嘴上，好像悬挂的冰凌。老板目瞪口呆地看着我，我也看了下自己，雨水已将绿色制服浸湿成黑色。

我说：没见过警察这样吧？

老板不安地摇摇头。

我说：现在见到了。

我又说：我爸爸跟我说过了，宁叫天下人负我，不叫我负天下人。

老板说：你这是什么话，你工作那么好，还有面子。

我头也不回地走了，我想他一定对着我的背影深吸凉气，一定叫他的老婆出来看这人间奇迹。他说要报警，他老婆就揪他耳朵说，你真多事，一点记性都不长。

我苦笑着继续往浑噩的方向走，好似泪水从脸庞经过，一颗颗悲壮地摔碎在眼前的路面上。我想我的活路就在你了，我在等待你伸出手，你伸出手轻轻一勾，我就像死狗看到骨头，阳光万道，益寿延年。

可是我的手机呢？我的手机不是早就丢了吗？我刚刚不是还在小卖部打公用电话吗？

我忽然又在人间多留了些时间。开始时，我准备等半个小时，可是我觉得这样的恐慌还不至于在人的内心生成。我想一小时足够了。一小时，媛媛在不停地说服自己，没事的，没事的。可是终于说服不了自己。她开始拼命打手机，打不通又往我家打，她一听到我妈的声音就说：阿姨，对不起，阿姨你快点帮我找回老二。阿姨，你快点。

一个半小时后，我脱下警服，颤抖着走进另一间小卖部。

我对妈妈说：媛媛来电话了吗？

妈妈说：没来。

我说：那你查查来电记录吧。

妈妈说：没有。你没事吧？不加班的话早点回，外边下了大雨。

我说：没事。

我放下电话，心中一叹，如今是死绝了。

我朝着一间废弃的大楼走去，楼道黑暗，好似地狱弯弯曲曲的入口。在最后一层，我拉了很久的铁闩，以为拉不开，那冰冷的铁条忽地往旁边一冲，竟将我的虎口夹出血来。我惨叫一声，屈辱的感觉层层叠叠涌上来。

拉开门后，大雨倾斜着浇过来，我咬牙切齿，心想真是好死的时刻。

啪地一下，啪，这个一米七三的身躯就将扑倒于坚硬的地面。雨水像清洗一只开瓢的西瓜，清洗着冒着热气的头颅。那本来还有点构造的东西，便很快模糊了，囫囵了，便不成样子了。第一个人看到地上这章鱼似的尸身后，手舞足蹈地大叫。接着来了很多人，他们也不打伞，也不加衣，就那样恐惧而好奇地看着警察拉警戒线，就那样等待媛媛。他们在媛媛跌跌撞撞来时，让开一条路。他们心里说，就是这个可怕的女人，狐狸精，害死了这个男汉。他们心里想说的反映到他们的眼睛上，他们火辣辣地盯着媛媛。媛媛抖动着瘦弱的背，背上沉重的十字架。

此后，她的背慢慢驼了，她没地方可去了，单位到处是火辣辣的眼光，街道也是，世间尽是。她从此披头散发，噩梦缠身。

这样想，我好似平衡了很多，便趴在栏杆上等候一个命令。或者说，等待一个时刻。我看到密集的雨自身边路过，直冲下去，整个世界哗哗地响起来。然后又慢慢看到妈妈在下边伸着脖子，往这边望。她找寻很久，忽然撞上我的眼睛。我心里一惊，一下看见她眼窝里空洞洞的绝望。后来我又知道她是根本看不到我的。她只能无能地俯身，去收拾我的尸骨，像收拾一堆柴火。她对旁边的人说，走开。

我看到她背起编织袋，对人说，走开。然后像个疯女人消失在路上。

我便知自己没勇气去死。我原本就怕死。我只是自怜。

可这时我的身体忽然被大地这块磁铁紧紧吸附过去。栏杆摇晃，好像要栽倒下去。我伸手猛推一把，栏杆上的一部分便从整体里脱离，像灭火器一样飞下去。

接下来就要轮到我了。多亏栏杆里边生锈的钢筋还算经事，将我阻拦住。我几乎是从半空中一步步退回来。我屏息把身体全部退回到楼面，人才感到踏实。这时我的心脏跳得极为猛烈。我感觉是奔马的蹄子在那儿疯狂地踩踏。我都能听见它有如莽汉敲门那咚咚的响声。不久，我又神经质地爬起来。我害怕这楼顶是倾斜的，我如今还要滑落下去。

1998年2月18日凌晨及以后的一段日子

我像一条落水狗回来后，看到一个矮小的影子晃荡着，一会儿摸我的脑门，一会儿啧啧叹息，一会儿要去熬姜水，一会儿又要下去买药。

我定睛看了几眼，总觉得她是另外一个世界的。

我说：你是我妈吗？

妈妈说：我是你妈你都不认得了？

我说：你不是我妈。

妈妈说：老二，你是怎么了？

我把"老二"听得真切，便知到家了。我放松下来，几乎在倒在沙发的同时，如释重负地阖上眼皮。睡了一会儿，我觉得身上盖了被子，脚上盖了毯子。我又被扶起喝了好大一碗发苦的药，嘴角流了好些。我不管不顾，沉沉睡去。这一睡进去，好似进了一个烟雾的世界，怎么走也走不到尽头。总是有不长眼睛的恶人，张牙舞爪地撞过来，我惊悚地连退几步，总是被他们狞笑着撞上。他们撞上，就像干枯的纸，碎落一地。后来我又看到半空挂满脆嫩的雪梨，我跳起来够，够不着。我想喊：梨，梨，梨。喉咙却是被掐住一般，什么也吼不出来。我正要绝望，最后一声却突然冲破封锁。喊声大如惊雷，将我吓醒过来。

我看了很久,不知道自己在哪里,想起来找水喝,已无力气。抬头看窗外,天色已接近微明。雨大概停了,可是风还在用它的拳头一下下锤击玻璃。偶然的远处,还有玻璃掉下摔碎的声音。我转头看了眼妈妈的卧室,门开着,人却不知去哪儿了。我被彻骨的孤独包围起来,便缩紧在被窝,将自己重新哄睡着了。

迷迷糊糊睡了一阵,隐约听到远处有人喊:老二回来啊。

另一个人附和:回来了啊。

我心想是梦,可是又害怕这声音走到别处去,便支起耳朵听。我听到那声音曲曲折折,忽而东忽而西,没有一个稳定的方向,便想那是别人家的。我为此焦躁,双腿蹬起被子来。一会儿,又听到那声音在门口响起。我听见妈妈在开防盗门,并一步步走上楼梯。

我这是心里欢喜,可就是睁不开眼。直到妈妈抚摸我的前额,说:老二回来啊。我才最终睁开眼。一看到妈妈,我就安静了。

我说:妈,你们去哪里了?

妈妈和张姨一惊,接着灿烂地笑起来。

妈妈说:老二,我们给你叫魂去了。

我说:好生生的,搞迷信干什么?

妈妈说:怎么迷信?你小时发烧,都是我叫回来的。

张姨说：你妈想你肯定是看过爆炸案的尸体，丢了魂，就去叫回来。

张姨又说：是一步步走着去叫的啊。

我心下盘算，从大桥到我家，路程十里。

我说：你说你年纪比我大，我不担心你，你倒担心我起来了。

妈妈说：我就是这样，谁叫你是我儿子呢。你六十岁了，我九十岁了，你还是我儿子。

此时，防盗门又被推开，是王姨端着热气腾腾的稀饭和茶叶蛋进来了。

妈妈说：辛苦王姨了。

王姨说：醒了？醒了就好，快给老范作个揖，老范保佑了。

妈妈一想正是，便去到爸爸遗像那里，作了三个揖，说：多谢你啊老范。

我不顾她们说烫，三两下吃完稀饭。我说：妈，我以后再也不理媛媛了，她就是求我，我也不理。

几位妇女听了，欢欣鼓舞，抢着说：这就好，就应该这样。今后就这样报复她。

我心想这只不过是说给你们听听，她怎么可能来理我呢。我又想，你们也就是这么听听。

几天后，我重新到单位，发现桌上留有一张两千元的汇款单。我把它撕了。然后全身心地投入到工作中。别人弄好的材料,再弄一遍。别人讯问过的人,再问一遍。如是几番,才知道自己是用力过猛。后来就慢慢正常了。

我叮嘱自己:人家可以是阿紫,你不必是游坦之。

我起先以为副大队长会给我小鞋穿,可是这烟鬼倒很直接地给我一句话:快去买九包烟来。

我说干吗不买一条呢。他说:一条不就够行贿标准了?

后来,我们因为别的案件下郊县,路过大桥,忽然感怀,就停在那儿看。我看到那里蓝天白云,山清水秀,烧黑的车辆早已不见,护栏也像从来没有损坏一样,立在那里。仔细找了很久,才在路心找到一口锅盖大的圆坑和众多孔眼。但它们已然阻挡不住一辆辆车,吼叫着,生机勃勃地爬上来,开过去。

我想,车一辆辆开过去是个好比喻,就像日历一天天撕过去,新闻一天天报道过去。我们起初不能接受羞辱,习惯一下又好了。好比一个人被截肢,想自杀,等到学会用一只手吃饭、解手、行房,也就能把日子顺顺当当地过下去。我们从来没有实现过破案率百分之百。

老百姓也是这样,第一次看耶路撒冷爆炸时,心疼得不行。看多了,今天看到三十个人没了,明天看到四十个人没了,就麻木了。就只看到一个数字。仿佛炸飞的不是人体,是数字,是一二三四五。我们这里也这样。这些日子的大规模停水事件,干扰了半个城市的日常生活。这样,那十几具尸体便从人们的记忆里消失了。十几具尸体是什么，是城市总人口三百万的几分之几？是不能复生的他们重要还是活着的我们重要？我们没水，不能吃不能喝不能洗澡，渴死啦，臭死啦。

我更是这样，我原来还咬牙切齿地等媛媛和我联系，哀求我的原谅。等了一阵子，又觉得要主动和媛媛见次面，了了心愿。可手头总有事。我就盘算，是事情重要，还是媛媛重要，结果是事情重要。后来听张姨和王姨讲媛媛，越讲越恶心。比如媛媛租了间房，怕是被包养了，怕是每天偷人，偷得惊天地泣鬼神，臭名远扬。我问自己，你难过吗？我让张姨复述一遍。张姨复述了，我还是不生气。等到气候变暖，街上女人的衣服越穿越少，露出嫩藕般的手臂和雪白的胸口，我发现我的眼睛总是不由自主地追随过去。

我为此忧伤。这世上原来是没有忠诚的。

第二部分

1998年5月14日

光阴荏苒,当媛媛把钱从四公里外重新汇来时,"情人节爆炸案"已像"杨乃武与小白菜",是历史旧案了。我手捏新买的两千元摩托罗拉,把报纸盖脸上,脚架桌上,怀念路上偶遇的女人。当时我从公交下来,她恰好袅袅婷婷地走上去。我回头一看,她已经消失在一堆人中。

我想着两只危险的高跟鞋,像支撑一尊即将摔倒的瓷器,支撑着修长的腿、细腰和呼之欲出的胸脯,心下酥麻起来。这时,门被推开。我摘下报纸,看到一个头发乱如鸟窠、皮肤黝黑的男子。他抓着皮包,大呼小叫地闯进来。我拍着桌子说:

干吗？

来者说：来领奖。

我说：领什么奖？

来者说：爆炸案啊，我破了爆炸案。

我心说民间福尔摩斯比民间科学家还多，极不情愿地示意坐，要他把东西给我看。他死死捂住皮包，说一看就漏财了。他说：从二月十四日算起，我开展独立调查已有九十天，以一天八个工时计算，我出工七百二十个小时，以一个工时十元计算，你们应支付我七千二百元；另外，我去大桥，一天来回车费是二十元，三个月是一千八百元；还有，为了更好获取证据，我购买索尼相机一台，价格是三千四百元，购买胶卷六十卷，价格是三千元。都有发票。这样加起来，是一万五千四百元。你们如果要看，除支付五万元的悬赏金，还需支付一万五千四百元的劳务费，总计是六万五千四百元。

我想你要说相声，我就捧个哏，便问：你叫什么呀？

来者说：周三可。

这么一说，我就明白了，嘴角竟压不住笑。周三可原也算本城有名的闲人，人传他从不理胡子头发，从不扣裤扣子，从来夹着一只温州产的假皮包，从来掏出很多名片。如果你不懂法，他会掏出律师名片，并且真的给你出庭。问被告时，他会像港片律师一样扶着墨镜说：现在我所有问你的问题，你只需回答 Yes or no, understand？如果你家有人出车祸，他会掏出调查公司的名片，信誓旦旦地说他握有现场证据，能证明是司机闯红灯还是你家人闯红灯，是车撞了你家人还是你家人撞了车；如果你活在某个闹市区，他会掏出报社通讯员的名片，名片上写"家事、国事、风流事，事事关心"，动员你向他提供线索，一经采用，好处费二十元到五十元不等。而他在向报社记者报料时，至少拿一百元。就是这样一人，可笑，可恨，可爱。

我说：谁知道是不是宝贝呢？我们那狼狗去上百遍了，也没闻出什么来。

周三可急辩道：怎么不是呢？我一块石头一块石头地翻，翻了三个月。你看这里都翻脱皮了。你以为我诳你？跟你说，找到后我那个激动。我怕被人偷了，被人抢了，就一次次背上边的信息。背好了，记住了，才安心了，才想到要回家休息，冷静冷静。可是在家刚待一分钟，我又怕夜长梦多，便打车来了。我一上车就说，往刑侦大队开，请直接往刑侦大队开。

我说：说这些做什么呢，看看就知道了。

周三可说：不能看。

我说：怎么不能看？

周三可说：你看了不认账怎么办？

我说：你把警察当什么了？

周三可说：我不管，你要看，就立字据。

我扯下材料纸，装作要写，周三可说不行，说非要带刑侦大队字头的文件纸，我又扯下一张带字头的纸来。我说：写什么啊？

周三可说：证明。兹证明，如市民周宏广所提供证据身份证一张，为"情人节爆炸案"破案线索，即支付悬赏金及劳务费合计人民币六万五千四百元整。

我说：这事我得请示领导。

周三可说：好，我就等领导呢，跟你们这些人没法说。

副大队长过来后，说：好，就这样写，找人去盖大队章子。快给我看看。

周三可大受鼓舞，从包里取出一只塑料袋，从塑料袋里又翻出一张包着东西的纸。里三层外三层揭开后，出现一张不完整的身份证。上边写着：姓名，周力苟；民族，汉。头像和其余部分被烧毁，看不出是哪里人，多大年纪。缺损边沿有烧焦后卷起的痕迹。

我拿过死伤名单要核对，谁知周三可也从包里抽出一份来。周三可说：我核过了，死伤三十八位，有名有姓的三十六位。这张身份证的名字不在三十六人之列，我断定是凶手。

副大队长说：谁知道是不是你随便找张身份证烧的呢？

周三可抢过身份证，说：我到北京交公安部去。

副大队长忙说：别啊。老二，快倒茶。

周三可饮毕茶，又拿起桌上的散烟抽，抽几口，小心掐灭，夹在耳朵上。然后像主人一样，把刑侦大队前后左右看了看，方才兴致勃勃地走了。

我看他如此神气，就想他找到身份证时，一定对着江上的飞鸟大喊：发达了，老子发达了。就想他回去后，一定把带有刑侦大队字头的字据小心藏在箱底。然后和老婆做三次爱，对居委会夸三次功，并请棋友喝三趟酒，不醉无归。半夜又爬起来，打开木箱，看字据，数六万五千四百的位数，确信不是六千五百四十，才肯去睡。

如此，便是洞房花烛夜、金榜题名时、他乡遇故知、久旱逢甘霖，也不如了。

1998年5月17日

我们在本地查户口，查不出周力苟。通过省厅向下发协查通报，也没有回音。正要向公安部打报告全国协查时，江岸派出所的人打电话来，说在幸福旅社住宿登记簿上找到了这个名字。

我们风驰电掣赶往幸福旅社，吉普车超过九路电车，我们想，是了。

在住宿登记簿上看到周力苟的住宿记录，竟是二月十三日登记入住的，又是了。我们对着名字念，苟，一丝不苟的苟，感觉淤塞的血管被打通，整个人神清气爽起来，也风趣多情起来。几乎想打电话找周三可，邀他过来亲一口。

感谢这可爱的神仙，让我们直达谜底。我们只要按照住宿登记簿上写的，把车开到邻省文宁县吉祥乡周家铺村六组就可以了。享年二十八岁的周力苟，其生前将一览无余地展开在我们面前。

黄昏时，我们饮庆功酒，竟相谈起世事的神奇来。比如周三可如果不笃信沙滩上有遗物，不持之以恒地去找，我们便不知道周力苟这个名字；比如服务员要是非常敬业，每天把房间翻来覆去地打扫，我们便不会在三个月后还在床垫下找到一根四十二厘米长的导火索。这导火索干什么用？当然是引爆炸药啊；比如老板当时不多句嘴，周力苟便不会把同伙的姓名也登记上去。你也知道，两人住宿旅社一般只登记一个人姓名的。可是周力苟填好姓名、身份证号码和家庭住址后，老板忽然说，你把同住的也登记上去。周力苟便在旁边一笔一画写上"汪庆红同住"五字。

更神奇的是，老板竟对二月十四日凌晨保留有记忆。能有记忆，是因为夜尿。平时他夜尿，来去孤独，那天却看见一名男子头顶着墙嗷嗷地哭。好似还不只是嘴巴在哭，胸脯、大腿也在哭，身躯抖动得怕人。老板等他哭尽兴了，问怎么啦，那人便转过泪水打湿的脸来。老板看清了，那是张阔脸，眉眼巨大，长满痘痕。本应该是个彪悍的人。此人正是周力苟。周力苟看向老板时，又好似没看，人的意识停留在另外一个世界。后来他鬼魅般飘回至三〇五房间。老板尿完回去，恰好路过那房间，听到里头传出声音：别哭啦，哭什么哭。老板说，那声音女人一样尖利，令人印象深刻。

老板说完，便叹息这么大一电视，这么一笔悬赏金，天天播，怎么就视而不见呢。

我说：还好意思说，炸药都进你们店了。

那夜，我假装自己是周力苟，住进幸福旅社三〇五房间，试图寻找一点可能的心理信息。我看到四壁涂刷着淡黄色油漆，这种颜色让我想起篝火映照下的美女皮肤。天花板中间悬挂着一盏枝形吊灯。墙壁上挂有一幅巨大的画，是安格尔的《泉》。画中，女人在山涧全裸，坦然露着红色的乳头和弧度明显的腰肢，因为右臂弯过去扶水罐的缘故，腋窝冲向观者，却没有一根扫兴的腋毛。双腿夹着的私处也如此，并不让人产生非分之想。

我想旅社挂名画，多半给人油腻之感，可在这里怎么就这么干净这么纯洁呢？我将耳朵贴在墙上谛听，试图听到隔壁房间职业的叫床声，始终不曾听到。打开玻璃窗后，也没看见想象中的垃圾场。倒是徐徐吹来的江风让人感怀。如是伫立，我连想死的心都有了，竟然想给世间挂念的人打电话。想来想去，又只想出媛媛一人。我想说你不用担心我骚扰了，我想你念你，也只是自己想想自己念念，我会好好过的。总之像一份总结陈词，也像遗言。可是又一下不记得媛媛的号码。绞尽脑汁回忆，只记得幺三八三个数字。

我重新往远处看，远处挂了一轮硕大的月亮，照耀着人间一座座度假旅社。这些旅社像昼行夜伏的甲壳虫，排着长长的队伍，从龟寿山一直排到桥边。桥上的小房向江面射出红色的光。我静心听，听见水流平静的流动声，和轮船悠长的鸣笛声。我感觉自己一时得到天地、山水、亭台楼阁的灵气，无话可说。

我觉得周力苟、汪庆红也是这样。

二月十三日下午四点，周力苟和汪庆红登记入住。关上门，忧伤了一会儿，痛哭了一会儿。推窗看到这世间的天堂，觉得被告慰了，便安静了。二月十四日上午九点，他们离开旅社，一头扎进最后的人间。我想他们一定好好吃了早饭，附近有几家不错的早餐店，卖滚烫的皮蛋瘦肉粥。那粥通过他们饥饿的喉管，温暖了他们的胃，让他们流下幸福的眼泪。他们觉得自己毕竟是个饱死鬼。吃完后，他们背着十公斤重的包，走到胜春北路公交站，或者胜春南路公交站，反正都不远。他们挤在一群哈欠连连的人当中上了九路电车，走啊走，走到倒数第二排，看到一个位子，周力苟坐上去，汪庆红则拉着吊环。然后，他们看到电车路过一间间德国风格的房子、一棵棵制造氧气的树和一阵阵清新的晨风，晃晃悠悠爬上引桥。引桥长达三百米，电车使足劲，发出老将军式的剧烈呻吟。他们或许自小就崇拜这种大汽车的吼叫，心情豪迈起来。他们又看了眼蓝色的天穹，和折射到车窗的晨光，觉得够了，点点头，掩护着拉开拉链。一个抱着包，痛苦地闭上眼，一个反方向蹲下，镇静地点着导火索。在炸药接触火苗的十万分之一秒内，炸药体积变大几万倍，瞬间产生几十万个大气压，好似打翻人间和天堂的界限，穿透不幸与幸福的铁门，将他们炸离了这个世界。跟随他们一起到达天庭的是嫖娼的、扒窃的、上班的、回家的、想事情的、做梦的，他们带着愤怒的灵魂，揪着二人的衣领，吵嚷着要回家。但是上帝说不用回去了，这里霞光万道，到处是棉朵似的云彩，这里不用吃饭不用解手，不用愤怒不用忧伤，不用担心工资、房子、老婆、孩子、疾病、火灾、欺压和下一顿饭，这里岁岁平安。

我找到张老的电话，拨了过去，张老同意了我这个判断。

张老说，他第一次上大桥，就被美摄住了。他想引桥让路面形成了好看的弧度，好似上行尽头就是天堂，是自己的归宿。

张老又说，想不开的人都有一个归宿观。

张老还说，一九八〇年北京站那起爆炸案就是如此，八十九人死伤，不过是为了一个知青作别。这知青去山西万荣插队，想靠当兵回京，不料复员时组织把他分到运城拖拉机厂。从地图上看，万荣和运城距北京一样远，努力来努力去，一公里便宜也没占到，知青便积蓄了极大的委屈。等到未婚妻嫁人，他出离愤怒了。整天想，所谓北京，所谓天安门，所谓前门豆汁，此生便是他乡了。知青探亲离京时，看到北京站弥勒佛式的构造，想到它大肚能容天下不能容之事，却容不下他,便觉得被嘲讽了。此时,广播里又冒出中年女子不容置疑的声音,那声音是在催促他上车,抓紧上车。他便哗哗地掉下眼泪来,像是被驱使着往安检口走去,走了十来步,又觉得这北京站正厅长得像个字。最后他说:不是个"门"字吗?前日此门出,昨日此门归,今日又被逐出此门了。他便点着炸药。后来,人们看到遗书,说:地方虽不理想,但终究是个归宿。

张老说:其实在引爆时,他可能觉得没有比这更理想的。周力苟他们也一样,可能计划在桥中间炸,或者过了桥再炸,但他们在上坡时猛然看到天堂,就下手了。毛主席不是写过吗,一桥飞架南北,天堑变通途。

我说:也有人不择地方的,随便找个楼就跳的。

张老说:那当然,急火攻心,就管不了那么多。

我说:张老您还好吗?

张老说:我很好,酒肉穿肠过,佛祖心中留。哈哈。

1998年5月18日—5月19日

次日一早,我带好牙膏牙刷、换洗内裤,赶到刑侦大队,准备出发去文宁县。车出大门时,那心情好似禁区内出现空门,就等补射一脚了。可是接下来,我就心惊胆战地看到街对面走过来一个女鬼。她穿着呢子裙,涂抹鲜艳的口红,打浓重的粉底,试图掩盖住丑陋的伤痕,却是掩饰不了。

我好似看到两边的楼一幢幢倒下,灰尘漫天。

这时，同事说：那不是你家媛媛吗？

我说：瞎说。媛媛穿衣服这么难看吗？

车辆路过她时，我将身子侧了侧，遮住同事目光。我看到她头发凌乱，眼睛浮肿，正苦着嘴，神情畏惧地望过来。我想这就是媛媛你么？我还好跟车出来了，你要是到大队找我，岂非丢死我的人了。我不解，自己怎会和这么丑、这么寒碜、这么没品的女人谈三年恋爱，还要死要活的，中了邪么？你瞧你穿的什么啊，做迎宾小姐啊？

可是车一开远，我又伤感了。究竟是有个女人回不去了。我俩的关系已经摧毁了。

我又想她可能有事找我，便像老师备课一般备起台词来。如是等待，手机一直没有动静，而车已经跃上高速公路，将指示牌一块块弃下。我困了，打起盹来。这样行一百里，司机忽拉一声警报，我睁开眼看见对面一辆卧铺车在匆促地打方向。它停向路边。我们的车嗖地飞过时，我好似感觉那扫视过来的乘客，个个是周力苟，个个是汪庆红。他们在艰难等待汽车修好，好去我们省，好去二月十四日。而我们这辆马力十足的三菱吉普，则朝着他们省，朝着二月十四日以前，一路狂奔。

我想到他们二人在卧铺车停下后，担心车顶放着的编织袋。

汪庆红说：路上颠簸，爆炸了怎么办呢？

周力苟说：炸药这东西文静得很，你捶它砸它它都没脾气,你点它才麻烦。

汪庆红说:要是别人扔的烟头吹到车顶呢?

周力苟说:风会把它吹走。即使吹不走,火也小了,想烧透编织袋,没那么容易。

汪庆红说:司机和售票员没发现吧?

周力苟说:发现了还不说?

汪庆红说:可现在停车了呀。

周力苟说:停车也没见他们跑啊,他们知道有炸药,还不跑?傻乎乎拿钳子干吗呢?

汪庆红说:万一发现了呢,要扭送到公安局啊。

周力苟说:送吧送吧,人总有一死,要死卵朝天。

汪庆红说:你这么说,我就好受了,我还以为是我逼你死呢。

我这样想,又觉不妥,因为旅社老板所说的周力苟,原是可怜软弱的。这样想还有个麻烦,就是周力苟有形象,而汪庆红没有形象。神笔马良根据旅社老板的讲述,补充补充,算是画出了周力苟。而汪庆红作为十三号尸体,却始终没画出来。神笔马良说:他的颅骨、面骨和牙床全破坏了,像被牛踩了几十脚。

后来天逐渐黑下来,路难走。也许我们还走错了,下高速,过省道,竟跑到河里去了。我们下车来推,车轮打转,甩了我们一身泥浆。我们骂司机,司机说地图上就是这样的啊。

爬过河，又是山。那山路狭窄危险。车灯一会儿照向突兀的山壁，一会儿照向半空，总好像要将我们甩到太空去。我们实在害怕，让车停在宽一点的地方，搬石头顶住后车轮，就在车里睡眠。清晨醒来，我发现文宁县城就在眼下，有公园、烈士陵园、街道和大大小小的楼房。

我兴奋不已，却不料又走了半个上午。

后来去吉祥乡，路上索性连沥青也没有。有时小心开很久，还得倒车，因为对面装猪的车没有倒车功能。到了民居改建成的吉祥派出所，文宁县公安局副局长逼我们吃土鸡。酒过三巡，我们有些着急。副局长说，人都死了，急什么？

我们复核派出所户口档案，发现周力苟确有此人，却无照片。内勤说补办身份证时缺相片，撕下了。我想，管他呢，找到周力苟家就可以了。到傍晚，我们坐摩托，骨头都抖散了，才来到周家铺村六组。却发现周力苟本尊驼着背在屋内抽烟。他显得干瘦，脸上一颗痘子也没有。

我说：你是周力苟？

周力苟说：我是周力苟。

我们跑了七百多里，穿州过府，跋山涉水，想来调查死者的生前情况。发现死者健在。我不死心，问，你说身份证两年前掉了，知道谁捡到吗？

周力苟说：娘哩，我也想知道。

回来后，那副局长安抚说，还有汪庆红呢，汪庆红可以查嘛。

但是你怎么查？我们原盼着以周力苟带出汪庆红，现在却只剩汪庆红这个光溜溜的姓名了。这姓名，一无民族，二无生日，三无住址，从何查起？而且全国叫汪庆红的人多了去，你知道是哪个？

此时，手机响了，来电是本省的。我心想是媛媛的，却不料里边传来的是急切的男音：我是周三可啊，三可。

我没好气地回道：干吗？

周三可说：我问钱，钱是不是可以发了？

我说：别想了，你那身份证没用。

1998年5月19日—5月27日

回文宁县城后，我们用一周时间，查到该县有十二个人叫汪庆红，全部健在。我一个个地召见，一个个地问：去过隔壁省吗？去过长江大桥吗？掉没掉身份证？他们晃着大小不一的头，答：没有。我继续说：这样吧，你发发声，尽量发高一点，尖一点。这些老头、小孩、年轻人，努力配合，学鸡叫，唱《青藏高原》，但我始终听不出他们和幸福旅社老板说的有什么不同，又有什么相同。我糊涂了，糊涂得不行。人都死了，怎么会给你唱歌呢？但大家觉得是大事，唱唱无妨，唱唱就清白了。

更糊涂的是，周力苟的身份证掉在县城，可能是本县人捡了，可是查遍本县，也没听说一个五大三粗的活人失踪。如果是外地人捡到，就要全国协查，或许能查出三五十万的失踪人口。汪庆红更可怕，他要真的是汪庆红，文宁县查不出。以文宁县有十二个估算，全国恐怕得有三四万个吧。万一是假冒的汪庆红呢，怎么办？又得让这三四万个汪庆红回忆身份证都借给谁了。万一是掉了，又怎么知道是掉给谁呢？又或者，那十三号尸体本来就做了个假身份证呢，怎么查呢？

我们鞠躬作揖，托付他们帮我们慢慢排查，然后灰溜溜地上车回家。上路前，问有没有别的路可走，他们说，没有，就只这条山路，保重。吉普车上山，过河，在省道撒开脚丫子跑。跑了半天，好不容易上了高速，我们便去服务站加油。这时，文宁县公安局副局长打来电话，说又有一个汪庆红来自首了。

我说：你们问清楚了吗？

副局长说：没细问，你们快回吧。

我心想你们问完了再打电话也好，别让我们又来听大活人唱《青藏高原》了。但是既然有求于人，你能怎样？

我们的吉普疲惫地停进文宁县公安局后，一个穿着又脏又破的白色工作服的男子膝行过来。我一下车，他就说：我该死，我真该死。

我说：你是汪庆红吗？

那人说：是。我不是那个红字，我的虹是气贯长虹的虹。

我说：你不是嘛。

汪庆虹说：我从小到大都用这个彩虹的虹，户口本上也是这个，但是身份证上又是祖国河山一片红的红。

我心想，户口上叫虹，身份证又叫红，这事情多着呢，侯耀文侯跃文、闫肃阎肃我也分不清楚了。便又问：你的身份证是不是掉了？

汪庆虹说：没有，我的借给别人了。

我心下一振，说：借给谁了？

汪庆虹说：吴军。

我说：吴军是谁？

汪庆虹说：以前我们食品厂的工人。

我说：吴军声音尖不尖？

汪庆虹说：尖。

我说：怎么个尖法？

汪庆虹说：比鸟儿叫还尖。

我急掏手机拨打幸福旅社，接通后说了些话就把手机给汪庆虹，让他和老板单独沟通。两人就各自所见的男人说话的声气交换意见，比画良久，竟然达成统一的意见。认定说的就是一个人。我在一旁听得几乎热泪盈眶，心想，果然是山穷水尽疑无路，柳暗花明又一村啊，果然是踏破铁鞋无觅处，得来全不费功夫。

我问：吴军什么时候离开文宁的？

汪庆虹说：不知道，他后来去了东街友丰旅社做事。

我问：你什么时候借他身份证的？

汪庆虹说：去年八月借的，当时我们在食品厂共事。吴军说身份证在澡堂掉了，我便抽他一耳光，说你个婊子样，赔钱。吴军要咬我。可是我们本地人多，硬是要过来他二十元。吴军没过多久就被厂里开除了。

我问：怎么开除了？

汪庆虹说：原因可以问厂里的每一个人，就是他喜欢扮女人唱戏。有天以为是自己一个人做事，偷偷在车间画鬓角，描口红，咿咿呀呀唱。唱完又揉面，揉得汗如雨滴。当时有工友回来，看见一个妖怪在揉面，吓坏了。因为恶心，他跑去报告厂长。厂长心说这是搞卫生防疫检查呢，取出一百块钱甩到吴军脸上，说滚、滚、滚。吴军便气鼓鼓地滚了。

我说：他是个什么样的人？

汪庆虹说：脸瘦，眼窝深陷，眼睛子却吓人，牙齿稍稍突出。很多人认识他，却不知道他从哪儿来。人们问，就说黄山卖过画，嵩山练过武，庐山写过诗，唐山学过戏，号"四大山人"。

后来，食品厂厂长被叫过来，说的情况也差不多。

厂长说：吴军手瘦得和鸡爪子一样。被开除时，用爪子抓住我袖子，说自己父母早亡，命运多舛，吃饭不容易，你不爱才也爱人啊。我觉得不是那回事，掸开他的手。他怒气冲天地说，别以为你是厂长就了不起，我今天犯什么错了你说清楚，不说清楚我告去。我说，告去，告去。他还来抓我衣服，都不是抓，而是揪。我就叫人把他抬出去，扔到街上。这人来路不对，进厂也没登记身份证，是我们不对，我检讨。

1998年5月27日晚

友丰旅社有四层，在文宁县城东街内，原是民房。外墙贴着瓷砖。进去后能看见几张木桌，堂前摆着观音像，手掌托着一盏红色的灯泡，亮一下灭一下。我们走进时，拍着巴掌喊人，心想出来的可千万不要是活着的吴军。我们就剩这条线索了。

出来的是一位七十来岁的老人，胡子花白，道骨仙风。他看我们身上穿制服，说：你们是找四大山人吧，走很久了。

我说：你怎么知道我们找他？

老人说：这等人物总会死的，死了就有人找了。

我心想是了，可是又奇怪，便问：此话怎讲？

老人说：四大山人是去年十二月初七（公历一九九八年一月五日——作者注，下同）来的，初九那天便和街上流氓闹事。当时四大山人把菜刀斫到桌上，你看这里有痕吧，就是他斫的。结果流氓把他往街上扔。四大山人瘦，一下扔到街心了。但他站起来和人打，打几回合，变做挡，挡了几回合，又变成挨了。四大山人不求饶，只说打吧打吧，打死拉倒。流氓们不打了，四大山人又找砖头往自己头上拍，拍出血来了。流氓们过来阻拦，拦不住啊。流氓一看这架势，都跑了。后来还是何大智出来救命。何大智说四大山人力气真大，抓着砖头的手掰都掰不开。

我说：何大智是谁？

老人说：脸比洗脸盆还大的东西。

我急忙拿出十二号尸体画像。老人说，正是，这师傅画得好，和四大山人画得一般好。

我欲要问何大智，却是见老人兀自又说吴军去了，便由着他了。

老人说：四大山人和我有共同的爱好，就是唱戏。我们这里兴黄梅戏，他唱京戏，说是会唱虞姬。我听他唱过一次。他带有戏服，也会化妆。唱起来还真像那么回事。他的声音拖得很长，不知道唱的什么词，但我知道他一定是唱得好的。我问从哪里学的，他说是拜名师梅葆玖学的。他还会画画。他走后我收拾，就有一张他的画，画了个女人披头散发，露着刚烈的眼神。旁边还配了一首诗。我问画画又找谁学的呢，他说是拜名师齐白石学的。我说你多少是个人物，待在我们这里可惜了。他说才气这东西就是用来可惜的。正月十四（一九九八年二月十日）那天，天没亮他就不打招呼走了。不但他走了，何大智也走了。

我问：两人关系好吗？

老人说：好，还当着俺这观音菩萨结义呢，说是不求同年同月同日生但求同年同月同日死。那天还摆酒请我作证，说工资不用发了，折抵酒钱。我后来还是发了。

我问：何大智你知道哪里人吗？

老人说：富强乡啊，富强乡出人的地方，出了几个刘姓大官，也出了何大智这个假把式。

我说：怎么个假把式法？

老人说：四大山人打架，他躲到厨房；小流氓一走，他又提刀出来。你不知道他长多高，长多壮吧，就是这么一个壮汉，贪生怕死。我就不知道，四大山人这样的人物怎么和他交朋友。

我问：他们住哪里呢？

老人说：四大山人是外地人，没地方住，就在四楼杂物间何大智住的地方挤着住。

我问：四大山人是哪里人？

老人说：他没说。他写了诗，就是画上面配的那一首，说"来也无根，去不留痕"。

我说：诗在吗？

老人起身从观音像下取出一张纸来。我一看，那诗写着：来也无根，去不留痕，就在美丽的地方结束不美丽的生命。我心里一个闪念，所谓美丽的地方，不就是那段通往天堂的引桥吗？

我说：死意早定啊。

老人说：是啊，当时只把这诗当做是游戏，现在看来是表达死意。

我说：人是死了。

老人默然，也不问怎么死了。

我又问：他们还留下什么吗？

老人跺跺脚，说脚上的雨靴是四大山人留下的，他穿着，做个纪念。老人又带我们上杂物间。我们翻找很久，在一张床铺下翻出一个香烟盒，在另一张床铺下翻出两张身份证，一个名叫宋相锋，一个名叫涂重航。我问，这是四大山人的床铺吗？老人说是。

我心说，这人到底叫什么呢？

1998年5月28日

在友丰旅社调查半夜后，没调查出更多信息。我们在文宁县公安局查到何大智的家庭住址后，第二天便往富强乡高坑小组赶。

过富强乡政府后，上山两小时，到了羊肠小径顶端，方看到高坑小组。那里是山顶上的一块旷地。地面湿润，烟气聚拢于屋顶，一动不动。我们进村后，只听到一两声鸡鸣，家家户户开着门，露出陈旧的年画，午饭没人收拾，尿布是湿的，不见人影。

同行的富强乡政法干部摇醒小组长刘遵礼后，整个村落才跟着醒过来。刘遵礼转动着大而浑浊的眼球，看清我们的制服，惊慌不已，忙喊媳妇倒茶。那媳妇揭了开水瓶，发现没热气，噤若寒蝉地请示要不要烧点，我们说不麻烦了。

去何大智家时，一群小孩跟在后边，刘遵礼斥了一声，他们便像鸟儿飞没了。那些大人则推开窗，敬畏地窥探，我们回头，他们就拉上窗。到达何大智家后，我们发现堂前摆着两幅遗像，一幅是男老人，一幅是女老人。刘遵礼说这是刘春枝的父母，两年前先后亡故。刘遵礼喊春枝春枝，一位丹凤眼、柳梢眉、颇有些姿色的妇女从内屋走出来。她也惊慌，不知道出了什么事。

我说：你是何大智妻子吧？何大智可能不在人世了。

刘春枝看了眼刘遵礼，又看了眼我们，瘫软在地。一旁的妇女去拉，却是怎么也拉不起来。众人意欲拖她上床，只见她双手紧紧抠在地上，抠出一道道的痕迹来。我们很尴尬，不好追问，便四散去找村里的人。

刘遵礼说：何大智是三年前倒插门来的，是外姓。但我们不见外，水库分鱼不短他，祠堂也领他进。何大智人老实，能吃亏。刘春枝父母亡故后，他们夫妻越发恩爱和睦。有句黄梅戏怎么唱的？你耕田来我织布。就是这样的。我想不出他有什么想不开的。他在县城打工，或许在那边有问题吧。

我走到晒谷场，发现有名妇女正在收衣，便上去问。她羞涩地笑笑，一连跟我说听不懂。我想也是，她说的我还听不懂呢。我走了，她又喊：关系很好的，男耕田来女织布。喊完不好意思地笑了，我也笑了。后来我见一位老者坐在门前，欲要问，老头已转身进屋，只撂下一句：我不晓得，莫找我。

我们一行问出的东西差不多，要么是不晓得，要么是夫妻很好，树上的鸟儿成双对。我说这里人都爱听黄梅戏吗，政法干部说是呀，几十年来只作兴严凤英。

刘春枝平静后，抽抽搭搭，说了一些情况。何大智是去年底从县城回来的，过年（一九九八年一月二十七日）那天，他们中午在高坑吃饭，拜祠堂，晚上就去何山和父母、弟弟过年。在那里住到正月初二（一九九八年一月二十九日），刘春枝回高坑，何大智去母舅表叔那里拜年。直到正月十一（一九九八年二月七日）才回来。第二天就走了，说是和义兄一起去打工。

刘春枝说：大智在家挑粪砍树，是把好手。打工时汇款回家。我总是说别打工了，在家种田也能活命。他不听，说我没好吃的没好穿的。现在他死了，等于是家里的房梁倒了。

刘春枝擤了下鼻涕，又说：要说，事情肯定是坏在他义兄手上了。我听说他义兄在县城打架，往死里打。肯定不是什么好人。

刘春枝给我看了结婚证，我一看那上头的何大智，像被电触了，因为他的眼闭着，只留一道细缝。他死时竟也如此。张老当时说，他害怕。

我们离开高坑时，刘遵礼出来送，我记得他握手很用力，都能感受到他手心的湿热。走了十几步，我回头望，却发现他不见了，全村人也不见了，只有乳白色的烟气悬浮在屋顶。

1998年5月29日上午

次日，我们从富强乡政府出发，又走到了何山小组。我们看到何大智父母家原是一幢矮屋。土砖被雨水冲刷，早已失去清晰的边沿。屋后有根漆黑的圆木顶着，以防倒塌。小组长找了一会儿，把何父、何母和何弟找回来。何父一脸的皱纹，像是蜘蛛在上面纵横拉网。何母嘴唇紧扣，一看就知道嘴恶。何弟则痴呆，老大不小的，嘴角挂着一溜口水，以为我们有糖。

我说了情况后，何母大嚎大叫，何父赶忙推开她。何父眼里既无悲伤，也无诧异，只有麻木。何父对我们鞠躬，说：给国家添麻烦了。

何父说没什么可说的，人都死了。何母抢白道：怎么没说的，人不能这样死了。何父想拦，看她站在我们里边，便失望地拿着小锄头和竹篮出门。何母说：死东西挖药去了。

没人阻拦了，何母就说得欢快起来，一边说一边双手发抖。

何母说：我儿死，我早知道，刘家人也早知道了。他们装不知道吧？小学订了报纸，说长江大桥爆炸了。我儿出门前跟刘春枝说了，他过不下去了，要去炸长江大桥，炸得全国都知道。现在你们来了，谢天谢地，有公道了。

何母说：都是刘春枝这妖精害的。我儿那么欢喜她，照顾她，可是她把钱管了，不给他吃好的，好的都给老乌龟刘遵礼吃了。刘遵礼和她偷人呢，偷了多年，全村都晓得。我们也是穷，穷才娶这样的浪荡货，还倒插门。我们原以为结婚了，大家就收敛了。谁想到，刘遵礼还去。被发现了还打我儿。我儿太老实了。后来刘遵礼竟然不顾廉耻，和刘春枝睡到一张床上，叫我儿去煮面。我心想，你煮就煮啊，掺老鼠药毒死他们。我儿每次回来，我都让他把衣服翻起来给我看。我看到他背上总是有一道道的紫痕。都是打的，造孽啊。我儿后来被逼去打工，说是碍着别人的事了。你说我儿有一条活路没有？没有。他受了这么大的委屈，他也有脾气啊。今年过年，刘春枝来了，我们准备了好肉好菜，她一脸不耐烦，不肯伸筷子，磨到初二就回去了。来拜年的亲戚还说你们媳妇呢。我不好说，我能说她赶回去和刘遵礼那个老乌龟戳瘪么？我就不知道，人怎么有那么多瘪要戳？

何母说：初四（一九九八年一月三十一日）那天，我儿拜年回来，喝得醉醺醺的。我恼了，揪他耳朵说，你一个七尺男儿，连老婆都管不住，顶卵用。我儿犟，说别说了，别说了，知道了。却是磨到正月十一才回到高坑，十二就打工去了。现在看来不是打工，是炸桥。你说他不炸桥炸什么，他戴那么大

069

一顶绿帽子，就要炸桥。

我说：他怎么不炸高坑呢？

何母说：他敢？我们这里谁敢？刘家光一个老三，就能把人吃了。我们这里都怕刘家人，刘家人上头有大官，欺人太甚。你们公安来了，你们讲公道，你们管管这些爬灰佬。你知刘遵礼这个老乌龟爬灰爬出什么名声吗？他跑到人家窗下吹口哨，把人家男人吹出来了。人家男人生气了，趁刘遵礼到乡里开会，把老婆带到会场，说，你不是喜欢吗？给你。你知道刘遵礼说什么吗？刘遵礼大手一挥，说，我得了。你说这样的人该不该枪毙？你们拿枪打那个刘遵礼，打那个狐狸精，打死她。我看她求不求饶，后不后悔。几百年妇道全被她破坏了。你们要是不去，我去。我一定拿针扎死她，拿火烧死她，一定拿锄头敲破她脑壳。

1998 年 5 月 29 日下午至夜

当日下午，我们重回高坑。没见着刘春枝，说去县城了。也没见着刘遵礼，说走亲戚去了，十天半月回不来。同行的政法干部恶了，问：去哪个亲戚家了，地址告诉我。刘遵礼老婆支支吾吾，政法干部便揪她衣领喊：你倒是说呀。

刘遵礼老婆挣脱开后，跑到晒谷场大叫"公安打人了"。然后躺倒在地，朝空中蹬腿。我们跟出来时，人们已像洪水冒出来。他们男女老少，提着木棍，扛着锄头，或者挥舞菜刀与斧子，黑鸦鸦一片，围上来。他们问怎样了，刘遵礼老婆从嘴中吐出很多绿色的唾沫，说自己不行了。他们大声鼓噪。有几个不怕死的老头拿竹棍打我们。未几，刘遵礼单独从一幢屋内杀出。他的眼球有鸡子那么大。他就圆睁鸡子那么大的双目，老远喊：谁打我老婆？然后接过菜刀，看了一眼，剁向政法干部的右臂，一连剁了十几刀。政法干部捂着伤处，说我操我操，却不见那里有血冒出。

我脑子一片空白，人被推来推去。我不停地说"冷静点"，但人们没法冷静，因为政法干部把菜刀夺走了。政法干部抓着夺来的菜刀，跑了。当地民警说声"快跑"，也跑了。一下子，在晒谷场，只剩我一个来者。我想跑，又想人们盯着我身上穿的警服呢，跑起来丢人。我只能暗自加快脚步。

政法干部跑进羊肠小径后，感觉安全了，便挥舞菜刀大喊：刘遵礼，让你猖狂，你杀人的罪证在这里。

他这么喊，村民们便赶上几步，把死要面子的我逮住了。

我被人们举起来。我平躺在很多双手上，看见天空。它是那么蓝，并且深邃，又安静又辉煌。辉煌到接近碎掉。接着，又听到底下的他们发出暴风雨般的争论。其中有一个人大声说要搞死我。眼泪便从我脸上滚下来。他们举着我走了几十步，猛然将我放下。我站立在大地上，大脑一阵眩晕。然后我清晰地看到对面苍翠的山、湿润的岩石以及清新的树，鸟儿正踩在晃悠悠的枝条上，不时抽风似的点一下头。

我不知道身在何方，现在是什么时候，以及自己要干什么。我挺直身体，等待山脚下出现的一名汉子取出柴枪，丈量好步伐，朝这里跑来。我看见他强壮的肌肉。空气的密度越来越大，人越来越难呼吸。那柴枪的尖刃在太阳光的照射下，发出灿烂的光芒。我知道，我就要像一袋立着的面粉一样，被那人扎个透心凉。我一边看着自己的腹部，一边狂念：妈妈，妈妈。

我想摸手枪，发现双臂已被架牢，无法挣脱。更何况那手枪，在来文宁前我嫌麻烦托公家保管了。我像头即将挨宰的牲畜，全身绷紧，极为焦躁不安。忽然我又安静下来，我看见媛媛素面朝天，飘到我面前，牵住我的手。似乎要带我去一个光明的地方。我甚至能感觉自己在紧紧抓住她的手。我看见她歪过头来，对着我心无芥蒂、灿烂地笑。

是一声喝斥将我惊回到现实。我睁大眼，看见像战车一样奔行过来的壮汉正在紧急停步。我想他的脚趾撞在地上，全部扭伤了，脚掌也蹭落大块的皮。他把柴枪一把插进土地，说：哥，哥，你这是怎么啦？

刘遵礼瞪了一眼，说：老三，你是不是想我死啊？

我听得此话，血液忽然贯通，汗从各个毛孔冒出来，竟觉得世界一下可亲起来。我觉得自己应该小便失禁了，低头一看，却是没有。我早该想到，刘遵礼也是怕事的，否则不会拿刀背对政法干部砍十几刀。我"咳"地叹息一声，甚至想去调解他们兄弟俩。不料刘遵礼又死死盯向我。我躲闪开。他抓住我胳膊，让我看他。我看得心慌，那里就是两只浑浊的大眼球。

刘遵礼说：铐上我吧。

我说：为什么？

刘遵礼说：我破坏人家夫妻感情。破坏我知道不犯法，但人家把毛主席的长江大桥炸了，我就肯定犯法了。

我说：你有没有打何大智？

刘遵礼说：没有，我只偷他老婆的人。

我说：没打就没事。

刘遵礼说：真没事？

我说：没事。

刘遵礼说：不是因为你在我手里，才这样说吧？

我说：你放了我，我也会说没事。

我怕他不放心，又说：本来就没事。你想想有谁因为这件事坐牢吗。

刘遵礼大笑起来，笑完哭，哭完对众人说，以后有人问，就不要再说耕田织布了，就说我偷人，偷就偷了，没事。众人跟着笑起来，刘遵礼的老婆也幸福地笑了。

那夜，我非得在刘遵礼家吃饱喝足，才被允许离开高坑。刘遵礼打电筒将我送上小径，说：你说话算数吗？我说：算数。他这才算是安心地回去。

看见村部后，我放松下来，解开裤子拉尿。拉了一两分钟，我觉得完了，那液体仍然大把大把地往外冲。我想起以前从媛媛家回来，都要在经过的废墟那儿，对着一堵墙小便。我想媛媛有一天要是问我有多爱她，我就会带她到那里，把泡松的土砖墙轻轻松松地推倒。

在村部小卖部，政法干部他们就着石头凶狠地磨刀。我想到自己的遭遇，情绪也很激动。我想你刘遵礼至少是袭警啊。一个多小时后，十几名当地民警赶来。大家鼓噪着上路，要去高坑捉人。这时，有一名当地派出所的所长接到上级电话，他传达上面的意思，叫我们不要去。

从村部往山下走时，我看了看月亮。它就挂在树枝上，硕大无朋，像要掉下来一样。观感非常恐怖。可是我总是止不住要去看。我怕它，说明我还活着。来到大路，坐上汽车，我彻底感到安定。车轮飞速转动，路面在被一丈丈地抛下。我想自己永远也不会再来这地方了。

1998 年 6 月 2 日

在文宁县去了几趟矿山，往高坑刘遵礼那打了几次电话后，我们得到一点信息，但得不到更多，便收兵回本省。六月二日，刑侦大队发出协查吴军的通告，我受命整理破案报告。

我能写出的纲要是：二月七日，原爆破手何大智声称帮高坑水库炸鱼，从文宁县某铜矿保管员处私购硝铵炸药十公斤。当天回家，向妻子刘春枝交代：我不和你过了，我要去炸人，春运火车挤，我就炸汽车，我要炸长江大桥的汽车。二月十日，何大智与吴军离开友丰旅社，乘长途客车抵达本省。二月十四日，两人离开幸福旅社，搭乘九路电车，在长江大桥路段引爆炸药。

我能推测出的爆炸原因是"情感方面的恐怖主义"。写报告前，我打通张老电话，说了一些情况。张老似乎是嫌麻烦，说：这是最后一次帮你了。

我说：一月三十一日，何母对儿子大智说，你没卵用。何大智的自尊心被摧毁到极点。他意识到自己在社会舆论中的不利地位。他想就是小孩子都可以放肆地嘲笑他戴了顶绿帽子。他想改变这种处境。他对妻子说，他要去炸汽车。为了让一切看来像真的，他弄来十公斤炸药。二月七日他再次向刘春枝摊牌，说就要去炸了，炸死很多人。这是场情感上的赌博。赌赢了，刘春枝害怕，会求他不要这样，他何大智也就会原谅她。赌输了则没想到。赌徒从来不会预想自己会输。结果恰恰是刘春枝表现得很冷漠。话已出口，何大智只好去炸汽车了。

张老说：面子这东西在乡村是这样。对一贯有的人来说，算不得什么；对没有的人而言，却特别重要。

我说：嗯。刘春枝说，快点去炸啊。何大智懵了，只能昏昏沉沉提着炸药出门。而且他也不能过几天回来，告诉诸位亲朋，我没炸，你瞧我还好好的呢。刘春枝不懂他这个处境。等懂了，已经迟了。二月十一日，刘春枝托人往县城带信，说：

我对不起你,你不要做对不起党和社会主义的事情。信晚来一天,何大智已经万念俱灰,离开文宁县城了。此时只有长江大桥倒塌,才能给何大智一个台阶下。何大智本意并不想炸桥,事发当天凌晨,他扑在厕所墙上痛哭。

张老说:是,两个引爆人中间,有一个是明显害怕的。

我说:何大智越靠近我们省,人生之路越少,越感觉自己是被冲动绑架。因此有可能越来越后悔。可是他又想到,这样也好。既然在薄情寡义的妻子那儿什么也得不到,用一场死来报复她也挺好。几十个无辜乘客的死是因为他何大智想不开,他想不开又是因为妻子刘春枝外遇。他想全国人民都会对她口诛笔伐,让她自责、惊慌、做噩梦,终生背负十字架。这时,他又觉得自己是主持审判的上帝。

张老说:自杀照样可以把群众的指责引向刘春枝啊。

我说:他说出炸桥的话,收不回。

张老说:那当初为什么不说"我要自杀"呢。

我说:您讲过,弱者迷恋爆炸效果。何大智一定权衡过炸十人和炸一人的区别,当然前者更利于把事情搞大。何大智一定渴望用某种方式镇住刘遵礼。事实也是,刘遵礼被何大智的炸桥举动吓坏了。

张老说:我再假设,何大智为什么不炸他老婆的村子呢?

我说:炸人是一件许诺要完成的事,何大智用它来和老婆谈判。他说炸的是老婆的母家,谈判怎么进行下去?何况高坑那地方宗族意识浓厚，人们听说何大智要炸他们，还不先把他打死？

张老说：为什么是两个人一起去炸呢？

我说：那个吴军不知道是哪里人，但极度厌世，一直在准备死。我这里有他的遗书，上面画了一个女人，配了诗，说，来本无根，去也无痕，就在美丽的地方结束不美丽的生命。我判断他是失恋。

张老说：一首破诗。

我说：他叫四大山人，会画画、写诗、唱戏、武打。我觉得他至少有一点文化。一个有点文化的人在县城擦桌子洗碗，可能因为有自弃的意识。很多人喜欢这样：你说我一表人才，前途无量，好，我就把我报废给你看。失恋的人特别容易毁灭自己。我觉得挑在情人节这天动手，也是吴军的主意。

张老说：对，有点文化的人就这样，特爱看《读者文摘》，重视情人节、圣诞节和母亲节这些节日。

我说：我觉得这是一场由情感挫伤导致的恐怖主义事件。何大智对傲慢的刘春枝发出愤怒的信号，吴军对心中的女神发出自毁的宣言。两个人凑一起，互相影响，达成一起死的共识。何大智可能死意不坚，是早有死意的吴军裹挟他前行。

张老说：直觉上我感觉不对。这类案件其实破不破都一样，破了也改变不了什么。

我说：谢谢张老。

张老说：别和老头我见怪，再见。

我说：再见。

张老说：再见。

1998 年 6 月 5 日—6 月 10 日

整理好材料后，我交给副大队长，副大队长签字"可"。又交给大队长，大队长签字"可"。大队长从局长那里回来，叫我们去行管科领点钱，准备赴京汇报。在行管科办手续时，我顺便问了下周三可的悬赏金，人家却说他对着镜子把脖子割了，血溅三尺，死了。

我说：你确定是周三可吗？

那姑娘说：是啊，怎么不是？

我想这六万五千四百元，我们应该再给他添上四千五百元才是。可是添再多都没用了。

下午我拿着批示去行管科支另外一笔钱，会计姑娘又说，没死呢，周三可中午猴急着赶来了，把悬赏金一分不少地取走了，还一张张地看，怕是有假钱。

我说：我说呢。

六月五日，我们坐飞机赴京汇报，公安部表达了疑虑，但还是对破案结论予以承认。我订票准备从北京站回，想到北京站的"门"字，自然想到张老。我对副大队长说要不要去探望他。副大队长当然同意。我打张老电话，却发现始终只有一位女士在说，您所拨打的电话暂时无法接通。我又致电公安部刑侦局，负责接待我们的人说：张其翼同志死了。

怎么可能？

但人家就是这样说的。

我感觉有一盆冰水兜头浇下来。我跌坐到椅子上，不能言语。那边好像知道什么，又说：实验炸药时不小心牺牲了。

我回头对副大队长说：张老弄炸药把自己炸死了。

副大队长一惊，说：怪人啊，会划水的被水呛死了。

次日，我们举着大花圈赶往八宝山。原以为那里哭声震天，走进追悼会现场，却发现只来了十几人。遗像里的张老，嘴唇紧扣，眼神凌厉，似乎拒人千里。遗像两边有对联：鞠躬尽瘁死而后已，功勋卓著思无可追。

横批是：烈士千古。

我们向着骨灰盒鞠躬，并没有家属代表过来应答、回礼。我们退到一旁，看见一位戴眼镜的警监严肃地走到堂前念悼词。他面无表情，念了诸如"舍小家顾大家""莫大的损失"等话语，正要念"永垂不朽"时，话筒没声音了。他拨拨，声音刺耳起来。他想也差不多说完了，便鞠上一躬，在别人的招呼下走了。大家也都走了。手机此起彼伏响个不停。我回头看去，张老还是那样拒人千里地看着，甚是凄寒。

在外边，我们遇见一位熟识的部里同志。他叹息道：张老是鳏夫，又没朋友，可怜啊。

那人又说：张老一直住在老宿舍，不开窗帘，深居简出。说是专门研制一种针对人体的炸弹。也研究出来了，很少分量，能在极短时间内，根据骨骼结构和肌肉分布情况，对人体实施摧毁力极强的定向爆破。张老在遗书里说，科学外表看很美丽，本质邪恶。你越是知道这东西不能研制，越禁不住它的诱惑。东西没做出来时，张老还正常来上班。做出来了，就完了，就在家里走来走去，不知道怎么办。因为世上没有活人供他实验。拿到猪和羊身上实验又不具有针对性。他心一狠，把自己当实验品了。张老在遗书里公布了炸药的配置方法，希望能给我们一点提前量，就是未来有人这样爆炸时，可以做到心里有数。我们看了几遍，代码太多，看不懂，就存在档案柜里。

我问：张老是如何把自己炸掉的呢？

那人说：二号晚上，老宿舍发出嘭的一声闷响，邻居报警。出警的人赶到，推开门，发现房间很干净。接着推开卫生间，发现牙刷、毛巾和自来水管也完好无损。水龙头和花洒还在哗哗地出水。只有天花板和角落粘着一点肉渣。按照遗书上的说法，张老应该是在头顶、脖子、胸脯、后背、腹部、膝盖和脚面安装了七枚液弹，将自己彻底炸碎了。可是又没伤害到别的东西。你看追悼会上有骨灰盒，其实盒子是空的。他的尸骨都让水冲走，冲进下水道了。

我想到张老最后一句话是说给我听的。他说：再见。我说：再见。他又说：再见。我想他是在特意向这愚蠢人间的代表挥手。他说，傻孩子，我要去天堂找聪明的伙伴了，不陪你们玩了。

我们回去时，看到北京站正门果然是个"门"字。门下穿梭着各类人，他们提着大包小包，你推我搡，熙熙攘攘，朝着各自的方向与目的行进。这里面缺一个张老。

归来后，我越念及张老，越觉得自己是偷走了奖赏，因为我并没找到让何大智、吴军达成死亡默契的切实证据。当日他们结拜有言"但求同死"，但也只是宣誓而已，很难相信，刘春枝给何大智造成的痛苦，会感染到吴军；反过来亦是。我和朋友聊及此事，朋友说，即使你的结论是错误的，那也是目前最接近结论的结论了。

我心下不安，不过也只好如此。

忙完一切，回到家，发现妈妈长了一头白发。我说：妈，你怎么老了？

妈妈说：哪里老了？我没有变化啊。倒是你瘦很多了。你看，你瘦得连腮骨都显出来了。

我说：没有吧。

妈妈说：我老是惦记你不结婚，新谈朋友了吗？

我说：没呢，不是忙案子吗？

妈妈说：媛媛就别要了，以后就是找你也别要了。

我说：她可能找我吗？

妈妈说：我就是提醒下你。

到巷口，拜见王姨，王姨露出欣喜的门牙，心疼地说：老二回来啦，瘦了不少。然后拉我进门，小声说：老二你出气了。媛媛的事不知怎么被发现了，科长老婆跑到单位，用指甲抓媛媛的脸，闹得动静很大。大家以为闹一下就算了，谁知科长老婆闹了足足一个月，闹到媛媛不敢上班，科长在单位也作了检讨。可她不依不饶，又天天到纪委去反映，纪委烦了，就把科长的职务免了。科长回头和夫人离了婚。一出民政局，就去找媛媛，说咱们总算可以结婚了。可媛媛不知怎么回事，以前对他挺好，这下却不答应。科长拿刀出来唬人，媛媛就是不答应。事情至今还没解决呢。

张姨恰好进来，说：媛媛是势利小人，官免了，就不跟人家了。

我说：我妈怎么不跟我说？

王姨说：你妈连嗤三声，对此甚是蔑视。

我想到我妈，心中凄凉。我爸去世后十几年，都是她做饭给我吃，我今天也要做顿饭给她吃。这么想便起身去买菜。路过菜市场，看到公共厕所。以前那里臭气熏天，门口坐一位画绿眉毛的阿姨。现在却飘散着香烟，空气里也有扑鼻的芬香。门口换成一个低头看书的男子，穿西服，打领带，头发打着油亮的摩丝。

我望向厕所门楣，那里贴着红色的福字。墙上还贴着红纸一方，写"开张大吉"。我想这是怎么回事。

1998年6月14日

"情人节爆炸案"过去四个月，我被副大队长、大队长、副局长先后找去谈话，被告知提拔为中队教导员，享受副科待遇。我回来时，背着手在新办公室内走过来走过去，总觉得墙上少了幅画。贴《清明上河图》《泉》《劝世歌》都不妥，后来把《人民警察之歌》的宣传画贴上去。如是，忽来了一名实习警员，拿着材料要我签字。我看都没看就签了。那小孩要走，我又招手叫回来，把签名看上一遍。

我心想，范教导啊范教导，你也该练练字了。

下班时，我锁好办公室，有些不肯走。转身时，见面前站了一位衣衫褴褛、浑身发臭、脸上长满皱纹的老人。老人看到我就松开人力板车，趴在地上磕头。我心想这是谁把他放进来了，转而又觉得自己站得太高，便蹲下说：老伯请起。

老人起身，口将言而嘴嗫嚅。他嘴中的口气真难闻。后来他说：我认得你，你是好干部。

我说：你说仔细点。

老人又说：我认得你，你去过我们文宁县。

我这才想起来，来者是文宁县富强乡何山小组的何文邋，死者何大智的父亲。当时我们去找他，他自顾采药去了，好像对此事麻木。

我说：你来干吗呢？

何文邋说：我来拖我儿尸体。

我骇然摊开双手，说：只有骨灰，怕是火葬场处理了。

何文邋连闭了好几下眼皮，不久，从眼皮里挤出豆大的泪水几滴。我心中不忍，走回办公室，找到火葬场电话拨过去。问了晚上有人值班。我出来对何文邋说：老伯，我带你去火葬场。

何文邋站起来去拖板车。我说：不用拖，就放在这里。他好像没听懂。我大声说：放在这里，没人偷的。何文邋这才小心地把板车拖到一边。

我开车载着何文邋往郊外疾驰，不时用余光瞟他，发现他也不瞅矗立的栋栋高楼，也不看旋转的灯红酒绿，就是缩着身子扑簌扑簌地掉泪。

到火葬场后，值班员把何大智的骨灰盒端出来。何文邋看了很久看不懂。我说：就是这个，你儿子就在里边。何文邋去找机关，百打不开。我一拨锁扣，它就开了。何文邋解开盒子里的袋子一看，果然是些骨灰，双手哆嗦起来。好像得了帕金森综合征。我去扶他，他朝天哭起来。那眼泪像石头一样一颗颗地往下滚。我知道这是真悲伤，请值班员去弄些饭食。后者端来食堂的冷饭，何文邋用手抓了几把，塞进嘴里，把喉咙噎住了。只好又抠出来。有些米饭掉在地上，他去抓起来。抓完用袖子擦地，说：麻烦了。

转而又说：是我害死你了啊。

我心想这是怎么了，见值班员好似为难，便把何文遛扶到汽车上，拖走。一路，他就是用头一下下撞击骨灰盒，说：是我害死你了啊。

我说：老伯别难过，不能怪你。

何文遛起初没在意，我劝过几番，他说：怎么不怪我？就是怪我啊。

到大队后，我把车停在板车旁边，进去打电话给门卫，要他准备饮水和食物。我把何文遛请到沙发上坐好，任由他哭泣。哭完，何文遛好像洗了个脸一般，开始惶恐地望我办公室四周。我说，老伯别难过，你有什么可以跟我说。

何文遛看了我一眼，我直视着他，点点头，他便放松下来。

何文遛说：我儿是被我逼死的。九五年热天，我儿在铜矿不做了，回家待着。我问怎么不做，他说开除了。后来我才知道不是被开除的，是自己溜回来的。溜回来是因为小学有位秦老师，他想和秦老师鬼混。有一天，我赶牛从小学后边经过，看到我儿和秦老师光着身子躺在床上，亲嘴，摸对方的下身。我受不了，举着锄头闯进去，一锄头打向秦老师屁股，那里响了一声。我儿傻了，光着身体跪在地上，说要打打死我吧。我就找来教鞭，狠命抽打我儿，抽得前胸后背一道道的痕。我说，不知羞耻的东西，没爷娘教。

何文邋说：第二天秦老师一瘸一拐走了，再没回来。人们只当是调走了。我儿神不守舍，我便用绳索捆绑住他。我们家的问，我就说他偷窃东西。后来看看要饿死我儿了，我们家的要自尽。我看看不行，放了他。后来我听说高坑的刘春枝招亲，就托媒人说合。我记得我儿为这事哭了一天，不过还是同意了。我就是想让他正常点。他就是矫正不过来，后来还要去炸长江大桥。这都是我害的啊，我把事情做得太绝了。

何文邋的话很难懂，可是我却越听越豁然开朗。我明白事情它应该有的逻辑。这何文邋老人就是来揭晓谜底的人。我想做笔录，写好时间、地点，又觉得没有必要。我把笔抛下，说：老伯别伤心了，我给你安排住的地方吧。

何文邋站起来，说：不麻烦了，你是好干部，不麻烦了。

我问：那你住哪里？

何文邋没听懂，只是鞠上一躬，抱着骨灰盒走出去。我跟出来，看到他用绳索将盒子绑在板车上。我说：你要走吗？

何文邋说：我从来没跟人说过，我有罪的。

我正想着要挽留他，不知怎么又闻到他口腔里飘出的浓重口臭，便管住嘴。门卫送来水和面包，我把它们塞给何文邋，想想又加上两百元钱。我说：别难过了。

然后我看着何文邋拖着板车，念念有词地走了。他先念五个字，接下来念四个字，接下来又念五个字，接下来又念四个字。我听不太懂这方言，也就不费劲猜了。我慢慢看着他作为一个黑色的轮廓消融在黑夜中。

我在心里盘算——

刘春枝为什么外遇？

因为何大智不肯过夫妻生活。

何大智为什么打工？

因为想逃避和刘春枝在一起。

何大智为什么绝望？

对何大智和秦老师的事情，何文遐表明了厌恶的态度。虽然，何文遐最大限度地保守住了秘密。

何大智为什么告诉刘春枝要炸人？

他要找这个名义。

吴军声音为什么像女人一样尖利？

这个自然就是。

吴军为什么喜欢演旦角，为什么描口红，画鬓角？

他努力使自己本质如此。

吴军为什么恼恨厂长？

厂长对他这样做很厌恶。几乎是羞辱了他心中认为是最美好的部分。

吴军为什么和流氓打架？

流氓们调戏他，说他是长着龅牙的妓女，定然是个同性恋。

吴军为什么弄那么多身份证，并隐瞒出生地？

想避开人们对其准确的指认和指责。

吴军为什么写那样的诗？

他对环境绝望，对自己也是。

吴军为什么要画一个披头散发的女子？

那女子去除长发后，就是吴军自己。

他和何大智为何结义？

实为拜堂。

他们的不自由各在何处？

何大智的不自由来自何文遐，何文遐发现吴军、何大智的事后，将何大智赶回刘家，刘春枝构成新的不自由；吴军的不自由来自厂长、流氓，以及人们的眼光和嘴，以及自己的敏感。吴军觉得无处可逃。

他们何以选择死亡？

当不自由难以忍受，而自由又遥不可及时，死亡取代自由，成为自由。

何以又选择自杀性爆炸？

是要用整个世界来偿还他们的委屈。另外就是他们想说，他们不服。

接下来，我的思维飘向两间旅社。我设想他们经历了怎样的最后时光。

在友丰旅社杂物房，我先是看到一张床，何大智坐那里看星星，他是掉落的一颗；后来又多了一张床，吴军坐那里看星星，也是掉落的一颗。两颗星对视一眼，好像你终归是这个世界的，志不同道不合。

几天后，一张床上躺着血流不止的伤者吴军，另一张床空着。何大智敷药，包扎，喂汤，像女人照样男人一样照顾男人。何大智流着眼泪说别和流氓较劲，你就当他们是猪，不要和猪较劲。吴军说没什么的。

又几天后，一张床躺着两人，或者另一张床躺着两人。吴军对何大智耳语，我每次听孟庭苇都起鸡皮疙瘩。她唱，两个人的寒冷靠在一起，就是微温。是否每一位快乐过的红颜，最后都是你，伤心的妹妹。

又一日，一张床上只躺着吴军一人，吴军盖着戏服酣睡，地上是揉成团的卫生纸。何文邋推门进来，看着儿子的新欢，悲怆而恶心。何文邋在店前等到买菜回来的何大智，什么也没说，捉着他就走。人们骚动起来，说这个父亲很愤怒。吴军也推开窗看，一看眼泪就下来了。心想缘分尽了。而何大智像那个运城县的知青，在看到县城的琉璃瓦和水泥路越来越远，乡下油菜花又越来越近时，被一种将要溺死的情绪包围。他对何文邋说，信不信我杀了你？何文邋找到司机用的摇杆，递给他，说：你现在就打死你爹我吧。

几天后，吴军在一张床上辗转反侧，何大智归来。两人喜极而泣，过后又哀伤起来。沉默良久，吴军说：我们去死吧。何大智说：好。吴军说：去长江大桥死吧，毛主席写了诗，风景美丽。何大智说：好。两人依依别过。

又一日，吴军在一张床上发呆，何大智疲惫地进来，将炸药塞入床下。

又一日，两张床都空了，只留下一只揉皱的香烟盒、一双雨靴、一首诗和两张身份证。

吴军和何大智在凌晨五点黝黑的县城街道上手拉手走，又冷又饿。后来，饿得没重量了，便飞。吴军说：用力点，上边就是光明了。何大智就用力扑打翅膀。吴军说：看到阳光了吗？何大智说：看到了，太刺眼了。

两人飞落幸福旅社后，吃好的，住好的，像王子，像公主，像世界末日。只不过何大智终归要害怕一下，因此伏在厕所的墙壁哭。他哭世界不容人，自己竟无立锥之地。而吴军早已生无可恋。他喝斥何大智：别哭啦，哭什么哭？何大智便像孩子一样停止抽泣。

吴军问：你知道人类一共有多少种死法吗？

何大智答：不知道。

吴军说：我们可以列举一下。比如病死的。

何大智答：对，病死的。

吴军问：还有呢？

何大智答：还有饿死的。

吴军问：还有呢？

何大智答：还有淹死的。

吴军问：还有呢？

何大智答：还有呛死的。

吴军问：还有呢？

何大智答：还有被仇家杀死的。

吴军说：人都有一死，不是这样死了，就是那样死了。

何大智答：是。

吴军问：死了能带走粮食和人民币吗？

何大智答：带不走。

吴军问：活三十岁是活吗？

何大智答：是。

吴军问：活六十岁是活吗？

何大智答：是活。

吴军说：是造孽。

何大智说：对，造孽。

吴军问：你父亲骂你你开心吗？

何大智答：不开心。

吴军问：你妻子监视你你开心吗？

何大智答：不开心。

吴军问：流氓黑社会取笑你你开心吗？

何大智答：不开心。

吴军问：老板开除你，你开心吗？

何大智答：不开心。

吴军问：像老鼠一样见不得光开心吗？

何大智答：不开心。

吴军问：这些是什么呢？

何大智摇摇头。

吴军说：这些就是所谓的活着。你还想活吗？

何大智答：不想活。

吴军说：你是爆破手，知道被炸死的感受吗？

何大智答：不知道。

吴军说：我告诉你，很快，快到你都来不及感受。

何大智说：嗯。

吴军说：不要害怕，我陪你一块死。

何大智说：嗯。

吴军说：别嗯了，看着我，就这样看着我。跟我说，我爱你。

何大智说：我爱你。

吴军说：大声一点。

何大智大声地说：我——爱——你。

1998年6月14日夜

我这样想着，心情激动，想找人一吐为快。可又想到，我可能恰恰就是被选定为保守秘密的那个人。当天边隐隐传来雷声时，我想到另一件事。

我打电话给妈妈说不回家。

我另说：妈，请你在这儿给我叫次魂。

妈妈说：你这孩子，怎么了？

我说：你就叫吧，我想听。

妈妈颇为害羞，说：老二回来啊。

妈妈又自己答应：回来了啊。

我数了下，第一句五个字，第二句四个字。心里明白了。我挂电话，关办公室，开车往何文遐可能走的方向赶。我想，驾车从本地至文宁，需要一个日夜。像何文遐老人这样步行，并且拖一辆人力板车，就不知道要花费多久了。我开的时速是八十迈。开了几分钟，我想人家太老，走不了这么快，便打慢速度。一会儿，天上落雨，我不得不打开雨刮器。然后就再也看不清路面的情况。自然，也就找不到何文遐老人。我想他拖着板车去哪个角落避雨了。明天一早，太阳出来，他会抖擞精神，一边为儿子叫魂，一边拖着骨灰盒往故乡走。

我将车停在路边，让警灯无声地闪烁。我坐在车里吸烟，好似看见爸爸在几里外的地方骑车往家赶。雨很大，斜着刮向骑车的爸爸，让他的眼皮无法睁开。他把肩膀朝左晃，又朝右晃，勉强骑到转弯的地方。他想雨太大了，路太遥远了，我怎么骑也骑不动。然后他听见一阵好听的声音。那声音如此诱人，以致使他端起精神仔细地听。等他明白那是汽车轮胎划过路面上的水时，人已被撞飞。一下子好像地球是老天，老天是地球。这样翻转良久，才像一整袋面粉或者水泥，闷响着扑落在路旁的草丛里，接着是圆轱辘变方轱辘的自行车无声地撞向大树。此情此景把我爸爸吓坏了。我爸爸匆忙审视自己，整个人好好的。不过他很快反应过来，外边好好的，就说明里边一团糟。

那天我在家忍着瞌睡做作业，想不做又害怕，最后敷衍着做完。我钻床上去睡觉。妈妈把暖好的菜愤怒地倒回锅里，狠毒地骂我爸，说老范你有种，半小时不回，一小时也不回；一小时不回，两小时也不回。后来又担心起来。她拉开窗户，雨飘洒进来，浇湿她衣服。她就安慰自己，男人总是要打牌和应酬的，家里没电话，你也应该带个信回来呀。不带是太看不起我们女人。

妈妈把自己哄睡着。

第二天一早，妈妈醒来，坐在床上，眼皮狂跳。她看老范未归，心里感觉不祥，冲出来开门。刚开，就发出撕心裂肺的喊声。喊声把街上每户人家的耳膜都喊炸了。我尚在床上心脏就狂跳不止。出来后，我看到我爸身体惨白，衣服还在滴水，爬在门口一动不动。我知道他是辛辛苦苦爬回来，看我作业做好了没有，没做好就揍我。

后来我自由了。

1998年6月23日

后来我接通知，去龟寿山一家会议中心参加警衔晋升培训班。开始几天,都是大老爷们在一起,没啥意思。我散步,独自走上山顶,俯瞰到江岸区成片的度假旅社。我想幸福旅社就在其中。何大智推开窗户,回头叫吴军:你看,那里有个人呢。

吴军跟着望过来,说:世界好大,那么远的人都能看到。

我们培训班进入结业时,会议中心进来一批女青年,参加金融工作上岗培训。她们一个个花枝招展,看得我们眼花缭乱。是夜,我们办舞会,这些女青年带着异香前来。我忍不住就想孔雀开屏一下。机会直到很晚才出现,主持人说年轻有为、单身未娶的范教导员歌唱得好,有请他上来为我们献歌一曲。我忸忸怩怩地上台,正低头吹麦克风,看见对面的门被推开。一个脸上打白色粉底、身穿红色呢子裙的女鬼飘进来。我的血液被冻住了一样。

等我反应过来,我想所有人要是消失了就好。可他们不但不消失,还满怀期待地看着我,给我打拍子。我真不知道应该怎么度过这一刻,我没经历过这种场面。有人发现不对,上来拍打我的肩膀,摘走我手中的麦克风。就在它要被摘走时,一句我并没有准备好的话从我嘴里冲出来。我说:我从来没像现在这样不幸过。

他们惊愕地看着我走向门口,将女鬼推出去。大家都明白这是怎么一回事。

出门后,我一路疾走。女人踩着高跟鞋,一路紧跟。到二楼的宿舍时,我取出钥匙开门,想关上它,却被那张惨白的脸卡在门缝里。我丢开门,走到床边坐下。

她进来,磨蹭了一阵子,才鼓足勇气,授权自己坐向椅子。

我说:孟媛,有话请讲。

媛媛摇摇头。

我说:那好,我说。我告诉你,分手后我天天在等你打电话。

媛媛说:我打了,打不通。

我说:你不会打我家啊?

媛媛说:我怕。

我说:我左等右等等不来,就赌咒发誓,再也不理你了,你求我,我也不理了。

媛媛说:对不起。

我说:你回去吧。

媛媛双手抓紧椅子扶手。好像我要过去赶她走一样。

我看了眼手表,说:你睡床上吧,我找别人睡。

我走到门口,媛媛跑过来,抓住我胳膊,说:是不是一点机会都没有了?

我没说话,媛媛的眼泪哗哗地往下流,把我的衣袖全浸湿了。

我说:你睡吧,我看着你睡。

媛媛说：我不睡。

我说：让你睡，你就睡。

媛媛说：你说句话吧，说了我睡。

我说：说什么？

媛媛说：我原谅你。

我说：我原谅你。

媛媛凄惶地笑了一下，说：你说了我就高兴一些，就满足了。

我极为难受。我不知道如何处理这件事，就去淋浴间洗澡。洗完出来，我看见媛媛赤身裸体躺在床上，嘴上新画了一圈口红。口红又粗又大，使她看起来像个小丑。她的眼眶里全是泪水。

我说：你平日里也不化妆，干吗现在画这么难看？

媛媛说：书上说，化妆是对人尊重。

我说：你尊重别人去吧。

媛媛说：我只想尊重你。

我好像还要说什么，压住没说。掀起被子盖她。媛媛的眼泪又一大把地冲出来，把新化的妆都冲毁了。媛媛说：你是不是嫌弃我了？

我没说话。

媛媛哆嗦起来，说：我知道是要被你嫌弃死的。我没别的要求，你就让我在这里住一夜吧。住一夜就好。

我说：你住吧。

媛媛想止住哭，怎么也止不住。我不知道女人怎么有那么多的眼泪。我走到窗前，拉开窗帘，对着江景发呆。后来我感觉自己被抱住。不是抱，简直是箍了。她说：对不起。我伤害你了。

我说：你没伤害我。

媛媛说：我伤害了。

媛媛又说：我妈妈嫁人走了，房子也要卖掉。

我说：爱卖卖去。

说完，我心酸起来。我想到她从此就是一个人。我想到我和她的婚房要装修时，她过来规划。说这里摆书柜，那里摆妆台，这里粉刷黄色，那里配孩子睡的摇椅。等等。

这时候媛媛松开手，去穿衣服。我的眼泪也是这时落下来的。我想自己有太多不是，何德何能，要让一个人如此讨好自己？我这样想，就对她高声说：你干什么？

媛媛说：我走。

我说：天这么黑，没车了，走哪儿去？

后来的一天

我一直不敢和妈妈提及自己和媛媛复合的事。一天，趁着她高兴，说了，妈妈的筷子掉在地上，整个人傻坐着。妈妈说：你和你爸老范一样心软。

妈妈说：我今后命苦了。我命怎么这么苦啊。

我劝了几次，根本劝不动。我就想给她做顿饭。在去菜场的路上，我看见公厕边聚拢很多走贩。还有老头在那儿下棋，小学生在那儿做作业。我想一个厕所怎么这么热闹，就过去瞧瞧。我在这儿看见捧书苦读的周三可。周三可见是我，递来一根中华烟，并掏出 ZIPPO 点火。同时递给我一张名片。

我说：不错啊，都是经理了。你看什么书呢？

周三可说：《MBA 工商管理》。

我说：听说你自杀了？

周三可说：哎呀老弟，都因为你。你看这里，疤子好长一条。我自杀那天，是"一日四衰"。我先给记者报料，说一辆面包车淹没江里。记者来了后对我臭骂，说你为什么不报警，为什么不叫救护车，你没见人要淹死吗？我哪里知道人没救出来呢，我的通讯员资格被注销了。接下来，我看到好多人抽奖，说是奖票越来越少，轿车还没抽走。我去银行取钱来买奖票，买了两千多元。歇歇手抽根烟。就这么一会儿工夫，有人交两元，摸走轿车。我心中悲愤，去兑足彩。谁知售彩的说，不用来，不开了。我心想，对，赌博这东西国家还能让它长久开吗？我想这条路也堵死了。我还说，一旦中五百万元，就均分给老婆、父母和孩子呢。后来知道，不是足彩不开奖，是意大利一位修女还是教皇去世，意甲停赛，奖暂时开不出来。你说气人不？这样走投无路，我就想哥们咱不急，不是还有六万五千四百元在公安局吗。我致电你,谁知你劈头来一句:身份证没用。我是什么感觉呢。感觉自己走路上,被楼上人泼了盆冰凉的水,变雨淋鸡了。回家后我觅刀自刎。幸好刀平时不磨,钝了。割了好几分钟,也没割死自己。

我说:咳,活着就好。

周三可说:可不是。刚从医院回来,就听说你们班师回朝。我去问,问到还有奖金。我就喜煞。手里捧着那么多现金,我就叫自己冷静。可不能再大吃大喝,胡乱消费了。咱可要搞百年大计。这样我就来投资厕所了。

我说:生意好做吗?

周三可说:不好做。你想,去菜场的都是中年妇女,一分钱还价半小时。上厕所收费,超出她们的理解范围了。她们都说,周疯子,你不给我钱就算好了。

我说:那你还承包?

周三可说:一开始我也慌。在厕所的洗手池装大镜子,点檀香烧,还请清洁工反复打扫。可以说,搞得和宾馆一样干净。客人反而被这阵势吓住。我见人就拦,说,来,来拉一泡吧,挺便宜的。人家全吓跑了。后来我开窍,解手收费算是抢劫,人民不答应。但是,如果能把"取之于民"的东西部分做到"用之于民",人们就会同意。我想我买了那么多年彩票,别人不会买?我因此在厕所前设置红纸箱,搞有奖解手。

我一看,纸箱上绘着四个烫金大字:诚信抽奖。

周三可说：以后人们都来解手。其实是想来摸电饭煲、自行车。摸不到这些，还可以摸一斤鸡蛋。鸡蛋没有也没关系，一块钱花出去不是也解了个手吗？最热闹时，是一天下午，奖票越摸越少，大奖还没出现，大家排队来上厕所。排两百多米。前边找钱稍慢，后边就开骂，我怕你是断子绝孙吧。解完手呢，一边系裤带一边出来摸。有的没中奖，想想还有机会，跑到队伍后头重新排。有人说，你没东西拉了，就别排了？那人说，我就爱空拉，咋的啦，你还要管哪？后来，有一个人听说一只日本产的高压锅没摸走，还骑上八里路的车，专程赶来。

我说：怎么摸奖还诚信摸奖啊？

周三可小声说：你看旁边卖十元三样和外贸衣服的，好些家呢。我这边生意好，他们就跟来。我心胸开阔，心想我发财你也发财，我的客源带动你，你的客源也带动我，彼此双赢。可他们坏，也想办法去搞摸奖。这就不道德了。我偷偷致电城管。城管的车还没到，他们就收摊走人。我打诚信牌也是想向顾客透露这个信息，在我这里抽奖是有保障的。你看，厕所是公家的，不会跑。可是他们呢？四处打游击战，你还能对他抱有信心吗？后来他们的奖就摸不出去，做生意基本靠喊。

我说：你岂不是发大财了？

周三可说：尚可尚可。以前一天接两百不到，往上交份子钱都不够。现在一天能接一千多两千多。做人啊，关键是要活下来。活下来，财源滚滚来。

春 天

1

"看清楚了。"年轻人长时间盯着,忽然捂住鼓起的嘴躬身跑开。我甚至看见泪水倾斜着滴向地面。看守高耸眉毛,睁大眼看我,早说了不要看,有什么好看的。他拉上裹尸布,这样她便只剩一个轮廓了。

我一直走到殡仪馆外。年轻人蹲在路边,已呕吐干净,不过指头仍按在地上,手臂不停抖。我拍拍他,他转过头来,眼泪像伤口的血不停涌出。我完全理解这种痛苦。"不要难过,你毕竟来看过她。"我说。

他动动嘴角。

我扶起他缓慢地走。他回头望着殡仪馆。"我带你去漱口,"我说,"只是去漱漱口。"我们来到小卖部,我让他扑在柜台边,买了一瓶矿泉水。我说:"走,我们出去漱漱口。"但他好像睡着了。我用力拉,他反应过来,跟着走出来。他漱口的动作十分机械,好像老人在咀嚼什么食物。一辆挂满尘土的桑塔纳驰来,路过我们时猛然转弯,差点剐蹭到我们。

它停在殡仪馆门口。

一个四十来岁的男人从驾驶室钻出来,匆匆走进馆内。他穿着棕色夹克以及肥胖人才穿的松松垮垮的牛仔裤,屁股后挂着一串钥匙。不久,从后座钻出一位矮个妇女。她穿黑色礼服、黑色裤子、黑色平底皮鞋,右臂用别针别着一块黑纱,手里还捏着一块黑纱。她挎着黑色的包,像鸭子追赶着前边的男人。

"我们进去。"到暮色将至,年轻人才说。我感觉有很长一段时间,他并不知道世界发生了什么,不知道一个女孩死掉了,也不知道自己为什么来。但他终于醒悟过来,又哭上了。我扶着他走进馆内。现在温度是这么低,大厅阴凉,看守拖着水泥地面。他对我们说:"我真搞不懂。"

"您辛苦了。"我说。

看守在一块已很干净的地方来回拖了一阵子,示意我们坐到东边那排椅子。这样我便能看见坐在西边的那对男女。不像我们这边——年轻人正靠着我说着呓语——他们分开坐着,隔两个座位,不停争吵。他们吵得越来越凶,声音嗡嗡地漂浮,弄得大家头昏脑涨。

"吵什么？"看守将拖把重重撖在地上。男子抬起头，而女人掏出手帕抽泣。有时哭得欢快了，她便停住，用食指和拇指冷静地擤出鼻涕。看守躬下身继续拖地。我觉得是过度的无聊摧垮了他，使他将地板当成反复擦拭的艺术品。

我看见男子里头穿着暗红色T恤，手戴金戒指。他一会儿揉搓头发，一会儿抓痒。他将放在空椅上的黑纱别到胳膊上，转过头对女人说："我戴着了，我知道这不光是你的女儿，也是我的女儿。"然后他看表，问："还要多久？"看守继续拖地。"你就这么急？"女人说。男人盯着她，眼露凶光，要不是是在这里，我早揍死你了。不过在一阵沉默过去后，男人眼眶却红了，鼻下也挂出鼻涕。

"我只有你这一个女儿啊。"他抽抽搭搭地哭起来，从口袋摸出烟盒，将烟抖出来叼到嘴上。他又摸出火机点燃它。他一边咳一边抽烟。眼泪都滴在烟卷上了。

"请熄掉你的烟。"看守说。

"熄在哪里？"男人望望地面、座椅以及摆放着各式骨灰瓮的橱柜。看守继续拖地，看起来要收尾了。男人歪斜着脑袋，阴沉沉地看他，非常用力地吸了一口。"我跟你说了，公共场所不许抽烟。"就是我怀里的年轻人也被这声咆哮吓坏了。看守气势汹汹地走过去。

"不许就不许，你说话就不能客气点？"

"你不懂公共场所不许抽烟的吗？"

"你客气点说不行吗?我得罪你了吗?"

"你没得罪。"

看守走到他面前,继续说:"你没得罪,要抽的话,请出去抽行吗?"男人揉搓着眼窝,另一只手仍然夹着烟卷,烟灰积得老长,不久掉落在地。看守的眼光跟着落向地面。"我就是抽了,你怎么样?"男人说。

"怎么样?"

就是看守自己大概也没想到,他抽了男人一耳光。这下子热闹了,男人挺身而起,将骨瘦如柴的看守拎起来。"你知不知道,这里烧的是我唯一的女儿,我只有这么一个女儿,她被烧了,你知不知道?"他猛击着看守脸部,"你知不知道?"

看守大喊大叫。男人望了一圈四周,将他丢下来,踢了一脚。"去你妈的。"然后男人取下钥匙串,大步走向门外。我先是听见桑塔纳啾啾地叫起来,接着听见车门被嘭地关上、发动机启动,后来车辆转弯时轮胎与地面发出急剧摩擦的声音。他逃了。

女人坐着发抖。看守爬起来时,她说:"我跟他没关系,他早就不是我的丈夫。"看守盯着她,她便朝后退缩。随后,一个穿白色阻燃工服的工人提着铲子赶来。她再次重复了那句话。那铲子冒着烟,可以想象,它刚取出时一定被烧得通红,现在灰扑扑的。我记得铲子上曾滴下一滴黏稠物,就像塑料被燃烧时会滴下的那样。接着女人又说了一句话,就是这句话惊醒年轻人。他笔直站起来,反复捏紧拳头,朝大厅后头的火化间走去。在我赶到前,他直通通跪在地上,双手展开,胡言乱语起来。我想他是在哀求,不要将一个已经死去的女孩再弄得尸骨无存,尽管这无法避免,我还是盼望着不要就这样一下子将她烧个干净。

他脸上像是有人在一盆盆地泼水。我他妈的也要哭了。那个女人——也就是死者的妈妈说:"春天,是你爹让你这样的啊。"

她一直在咕哝:"每一次都是我来揩屁股。没有一次不是。你为这个女儿负过什么责?你负责都负到哪里去了?你算准了我,你知道我心软,知道把春天丢在马路边一个人走掉,我就一定会去把她抱回来。你真狠心啊。但是春天又不是我一个人生的。你做爹的难道半点责任也不该负?为什么每次都是我来给你揩屁股?我难道天生是你的用人?"

在看守和工人跑向领导办公室后,这个穿着黑色礼服黑色裤子黑色皮鞋别着黑纱像一只黑鸭子的妈妈,步履蹒跚但内心坚定地走出去。追随她前夫的脚步。她边走边说:"说什么我也不回来。我受够了,早就受够了。我决定了,你不回来我也不回来,你以为我回来,我就不回来,我看是谁回来,看是谁更狠心。你随她怎么样,我也随她怎么样,我看是谁回来。"

2

他掏出一张不足三十字的介绍信。看格式原是开给看守所的,改写成殡仪馆了。在填写探视理由处,警官画了个斜杠。这里最好能写上具体内容,比如"协助调查采访",他面露难色。"这就够了,"警官说,"我们这里还没开过这样的介绍信。"

他用了两天来解决此事。打电话给自己报社的记者,让他们帮忙联系这座城市的政法口记者,再由后者联系这边公安局熟人。一环比一环疏远。他得到这边记者的承诺,说马上,却是从上午等到下午。最终他闯进报社,喊叫着记者的名字。

"没看到我正在忙吗?"对方说。

"我只是着急去看下,兄弟,"他越说越缓和,"她是我女朋友,是我女人。"

"你看分局那边也快下班了。"

在等待时,他想:实在不行,就将汽油倒在停车场角落的废弃灵车上,反正仅有的一只轮胎也瘪了。车内锈迹斑斑,塞满湿润的木条。将这些木条点燃,让它们冒出浓烟,然后在他们赶出来时,潜入殡仪馆。这办法并不明智。还不如手持木棍,将他们逐一打翻。

当他第一次走进殡仪馆时,看守拦住他。"你怎么搞的?"他看见自己的鞋在刚拖过的地面留下印迹。"你要干吗?"看守说。

"我来看我的女人,她死了。"

"运来多少天了?"

"应该有七八天。"

"带户口本了吗?"

"没。"

"结婚证呢?"

"我们没结婚。"

"那你有什么证据证明你是她男人?"

"我就是她男人。"

"那我也是。"

看守接着说:"你总得有个证明。"

"我骗你干吗?到现在我还没看她一眼呢。"

"每个人都这么说,都说自己是死者的亲朋好友。但你不觉得殡仪馆也是个单位吗?你们想来就来,就走就走,难道就不应该对它讲点规矩吗?"

"你看这里一个人也没有。"

"这是规矩。"

"您行行好。"

"我为什么要行好?我在这里上班,干的就是这事。我得保证死人不受打扰。"

"她真的是我女人。"

"没有人不是这样说的。"

你知不知道,我在这世上爱着的只有她,我见不到她,就活不下去。我活不去,你也别想。他从钱包先后掏出两张钱,哀望着看守，可看守将手插进裤兜头也不回地走掉了。后来看守又提着拖把回来，在年轻人脚下拖来拖去。

"我没工夫和你玩什么柔情。"看守说。

"我是记者，"他想了很久，说，"我有权对她的死因进行调查。"

"刚才你不是说你是她男人吗？"

"我是记者，同时是她男人。"

"那你的记者证呢？"

"没带。"

"走开。"

他掏出这张不足三十字的介绍信，递给我看。"我也不知道这个行不行。我是顺道来向您告别的，您是好人。"

"你要先休息下，你可以到我家休息。"

"来不及了。"

"那我陪你去，我反正也没什么事儿。"

我得感谢您，但这事最好还是我一人去干。我应该怎样向您表达我的拒绝呢？我得感谢您，您是好人。他显得为难。"我终归也是要去送她一程的。"我说，然后搂住他肩膀，走向车库。我载着他朝西郊行驶。下午的阳光射向车窗，他迷糊起来。他睡得很少，即使有时间睡，脑子里也应该交织着种种噩梦。不久他果然醒来，问："到哪儿了？"

"还早。"

"我一定睡了很久。"

然后他眼神空洞地望着前方。最终,一根冒着烟的大烟囱进入视野。"就是那儿。"他说。我们便开到烟囱下的殡仪馆。它的门前有着龟裂的水泥停车场以及一座狭小的花坛,摆着两排塑料花盆,里头都是塑料菊花。

看守穿着仪仗队式样的制服,一身洁白,包括皮鞋和手套,只有肩章和袖口的缀条是红的。他弹着裤缝,看着我们走来。年轻人拿出中华烟,很久才知道怎么拆开封条。他将过滤嘴都捏皱了,说:"师傅抽根烟。"看守将手抬到唇前,摆了一下。"不抽。"他确实很该死。

"您看看。"

看守接过介绍信,背过身,就着阳光研究。这时,年轻人攥紧右拳,将它提到胸前,准备给看守的后脑勺一击。我扯他的衣角,却是让他更加愤怒。他等待着,直到看守招招手,说:"你们也知道,我也是按规章办事,规章规定我怎么办,我就怎么办。"

我说是啊是啊。

我们跟着往里走。进门前,看守说:"擦干净。"我们便在一块红色门垫上来回擦鞋底。年轻人一直沉浸在自我赋予的勇气中,可一进到这巨大而安静的大厅,人便发软,苍白的脸上渗出许多汗珠来。

看守领着我们穿过大厅来到领导办公室。一位戴眼镜的男子正在看报，介绍信递过去后，他看也没看便签了字。然后我们回到大厅，从西北侧小门走出去。路的尽头是火化间，据说那里的化尸炉泛着银光，像面包烤箱一样排列整齐。停尸房在通往火化间的路途中间，左边连着冷库。"制冷坏了，修了几次没修好。因此无论如何，今天也要把她化掉。唉，到时候可能还要切开尸体，否则会爆掉。"看守说。

年轻人停在那儿走不动了。

"你非得要看。"看守说。

年轻人喘着气，深呼吸好几次，才继续走动。看守推开装着毛玻璃的门，一股浓烈的福尔马林气味冲过来。房内摆着十来张铁床，有几张盖着裹尸布，显现出尸身的轮廓。墙角则起了一圈半尺高的青苔。有尸体的地方，植被茂盛，我想到这个。看守径直走向其中一具，像魔术师一样拎起白布一角，说："你们真的要看吗？"

年轻人极为认真地点头。

看守缓缓揭开裹尸布。哦，现在想起来还是恶心坏了。春天躺着，肿胀了一倍，肚皮却瘪了，从上衣缝隙露出解剖后粗枝大叶的缝针痕迹；那皮肤一部分呈褐色，一部分发黑，像是豆腐起了霉斑；只有脸部还稍微保留住一些往昔的影子，但是大耳扩腮，眼球暴突，嘴唇肿胀外翻，露出岩尖般的牙齿。我的脸皱成一团，眼睛痛苦闭上，我已经为这具尸身严重吐过一次。年轻人一直硬站着。看守问他：

"看见了吗?"

"看见了。"

"看清楚了?"

"看清楚了。"

3

我走进小区里我的家。电梯在四层开启,一个年轻人蹲在对面墙角。他迎着我的眼光,想说话,却自我劝止了。我走过去,打开自家房门,听到细微响动,是他站直了。我转过头来看。他的嘴唇再度开启,再度抿了下去,像好不容易支起的帐篷一下扑倒在地。

"有什么事?"我说。

"请问是陈先生么?"

"我身体不舒服,不接受你们谁的采访。"我关上门。一会儿,门上响起敲门声,我拉开门吼道:"够了,朋友,我说够了。"

"我是春天以前的男朋友。"他说。

"什么?"

"我是春天以前的男人。"

"你有什么事?"

"我想看她有什么遗物留在这里没有?"

他不争气地流出了很多眼泪。我则在等待一种叫恍然大悟的东西，就是这个人就是他啊。他说："说起来都因为我。"可我觉得不是这回事，他应该具有让女人崇拜的危险面容以及冷漠残忍的脾性，可他无论是面相还是举止都显得过于老实。只有额头一块不大的疤痕似乎证明他还有过暴力经验，而我宁愿相信他是挨揍的。

"进来吧。"我说。

他匆促致谢，躬下身去解鞋带，被我制止。我去那间小卧室取了遗物，发现他还留在门口。"我是在报上看到消息赶来的，没想到她死了。"他说。

"炒作一阵子了，本来是自杀，非说他杀。"

"我知道。"

"春天也不是什么小姐。"

"嗯，说起来是我害了她。"

"别这样。"

我想我终归还是与人为善的，便缓和口气。"我一直没给外人看过，你坐。"他鞠躬着接过去。在那本《茶花女》的扉页上，有一行字：

玛格丽特对春天惭愧

他一见到此，便像罪犯在铁证面前表现的那样，猛然栽下头。这是当日他的笔迹，稚嫩、自信而草率，在爱情的冲动里迷信对方是唯一。现在他穿过时间之河，有大量的后果可以用来校验当初的赞唱与誓言。而他即将打开的日记本，每一页都被圆珠笔划了大叉，有的已划破，我们仿佛还能看见春天当初歇斯底里的举动。我走到厨房倒水，年轻人则在不停翻日记本，最终他抱紧自己的头，抽泣起来。我看见他的背部微微颤抖，接着肩膀、胳膊和衣服也明显耸动起来，仿佛整个身躯都参与了这场哭泣。

春天这样写：

我找不到谁说话。我想了所有人，没一个合适。也许不是合适，而是没人愿意来听。我快要死了。我都要死了，他们还在问："你怎样了？要不要喝点热水？"你也不在。即使你在你也会狠心走开。我不可能再相信你。我病得快死了。我会死在没人要的野外，总是下雨，下了很多天，我的尸体都湿透了，你们也不会来。我不在你们的名单里。我活该这样。你们没一个会同情我。没有没有没有没有，你们没有一个人在乎我。我算什么东西。

除开这些，整本日记留下的便全是一个被迫害妄想症患者的胡言乱语了。我早撕掉那页说我的，她写我如何处心积虑地勾引她——路过时蹭她，用手指勾她下巴，将手掌捞向她阴部，等等。她构陷了所有人。

"没这回事。"我说。

我知道，小莉皱紧眉头，不停晃荡着脑袋，你最好把它们全撕了。

我端着水走回客厅。年轻人抬起头，睫毛湿答答的。"我得走了,实在打扰您很久了。"

"没事。"

"我能带走么?"

我点点头,将为他准备的茶水放在茶几上,由着他走出去。"你有什么事需要帮忙,可以来找我。"我说。

"嗯。"他匆匆回答道。

我关上门,走到窗边,一直等到他在地面出现。他走错了方向,很久才知道回来。他仰面朝天,吊垂双手,放肆地哭泣着。有几个路人停下来看,他差点撞上一个。我想这时就是有人对他脸上吐痰,他也不会管;就是照着他胸口插一刀,他也会朝前走。他要哭很久很久,为着罪孽。

此后又只剩我一人。在长长时光里,我将酒放在腿间,坐在沙发上发呆。上午走了,下午来了,灰暗的东西从天空压下来,天黑了。然后,从那狭小卧室传出若有若无的呻吟。也许只是感冒,但春天像经验丰富的老太婆,在四周沉默时她沉默,一听到脚步声,便赶紧呻吟起来。我们走到门口时,那呻吟便极为大声。

"你怎么了?"我们走进去问。

"我快要死了,你看,都没什么血色。"她悲啼着,眼泪朝外滚。奸诈,小莉看着我。我点点头,说:"喝点热水吧,我这就去倒。"后来我们路过时不再停留,她的哼叫便徒劳。现在她都死了,我还听到她在房间像织布一样织着自己的呻吟。

"够了。"我醉意醺醺,踹开房门。那里只有一张暗红色的小席梦思。我找到扫帚,在每个角落扫荡,我吼道:"够了够了,别他妈再哼叫了。"她便停止哼叫,却又在我低头时,悬浮于某个角落。我仓促望去,她便像一口气吹飞的碎片,无声地散了。

我打电话给小莉,说:"我从没像现在这样想你。"可她仍沉浸于自己的悲哀。"将房子卖了吧,我实在是住不下去了。"

"卖,过完元旦就卖。"

"能早点就早点。我实在没这么倒霉过。"

"那你还回来么?"

"不回了。"

我整夜开着灯和电视,比任何时候都盼望早晨到来。在白天,我穿过一条条街,嘴里摹拟着,嗯唵,嗯唵,嗯唵。可总有一股万有引力,将我扯回来,即使背对着家门,我也会倒退着回来。嗯唵,嗯唵,嗯唵,我摹拟着,像头驴被迫回来。

"这不就来了吗?"

保安将手越过年轻人的肩膀,指着我说。年轻人转过身,眼睛像棍子打在我身上。几天工夫,他头发凌乱,脸色灰白,嘴唇也不见半点血色,连着眉毛也灰了。他就像常年吸毒,或者连续熬夜打牌,在生理上极为疲倦,却在精神上极为亢奋。

"我是特为来向您告别的。"他向我鞠躬。

"事情处理好了?"

"还没,我这就是要去看春天。"

"你还没看到?"

他捏紧拳头,骂起殡仪馆看守来。说起这老实人的愤怒,嗯唵,因为并不践行,便在嘴皮上极尽凶狠。他一边在包里翻介绍信,一边破口大骂。

4

警察没有回答,将我召入会议室。有人拉上窗帘,摄像师扛着机器,摄像机尾端插着一根线,连着话筒。电视台记者举着话筒,背诵开场白。是自杀还是他杀。殒命。这究竟是。欢迎收看。谜局。

"我可以走了么?"我再次问。

"你等等,他们也许会问你一些问题。"警察的眼睛盯着摄像机。

船夫双手扶膝,目不斜视,坐在角落。我听到"先录先录"的声音,灯光师举起白炽灯对准船夫,后者的脸瞬间僵硬。电视台记者走来抓起船夫的手,有力地摇着。"别紧张。"他说,然后抽出那只手。船夫不知是要将手指合拢,还是继续分开着,便让它悬在半空。直到采访结束,船夫才收回手,去抓了抓衣服。

然后电视台记者开始抖电线。就要到我了，我喘着气，没有比这种等待更熬人的了，我还没经历过这种事儿呢。当电视台记者提着已经顺溜的线，在跟随的白炽灯照耀下走来时，我站起来，他就像将军一样散发着威严，盔甲哐当作响。

"不用站着。"他笑着说。我因此坐下来，我的脸得有多红啊。

"准备好了么？"

"好了。"

"我们都知道死者生前曾在你家住过一段时间。"

"是。"

"她是你什么人？"

"我妻子过去的同学。"

"她为什么住在你家里？"

"她是我妻子的同学。感情好。她穷。住不起房子。也许。"

"你觉得她是个什么样的人？"

"待人和气，挺懂礼貌的。"

"具体说是？"

"就是特老实。"

"比如？"

"她对每个人都和和气气。"

他对我轻眨眼皮。我说："唉，没想到她这么快走了。"他便对着镜头发表议论，然后转过来说："谢谢。"他握住我的手冰凉，而我的汗倾巢而出。

"我可以走了么？"我走过去问那位警察。

"等等吧，谁知道还有什么事。"

不一会儿，法医推开门。他将蓝色文件夹抛到桌面，然后戴上白色手套。后边闹哄哄跟着一伙报社记者，为首的是那个穿着红色鸡心领毛衣的矮子，他皮笑肉不笑地和熟人点头，然后带着一股畜生般近乎蛮横的自负，坐到法医对面。

"现在要拍吗？"法医对着摄像师喊。

"可以吗？"

"可以，有什么不可以的？"

法医整整衣，坐好，从文件夹里抽出一张照片，说："你们看，鼻子下有白色蕈状泡沫，说明是溺死的。这是冷水进入呼吸道，刺激气管黏膜形成的结果。"接着他又抽出一张，显示春天手里抓着泥草。"这也是溺死的重要特征。我们至少可以排除她是被杀死后再抛入水中的。她是直接溺死的。"

矮胖的记者举起手来。

"什么事？"电视台记者问他。

"我可以问问题么？我怕耽误你们拍摄。"

"没事，人家会剪辑。"法医说。

"那我说了。这两张照片并不能排除是他杀。溺死不一定代表自杀，别人也可以将她推下水，置她于死地。"

"这种情况很少见。"

"我在电影里看过,金三角的毒枭经常将人推到河塘里淹死。"

"那是电影。"

"电影来源于生活。"

"我问你,假如你是凶手,你会将一个成年人推到河里么?"

"有什么不可以,什么痕迹都不会留下。"

"你考虑过他的游泳水平么,考虑过他的求生本能么,考虑过水深水浅以及水的流向么?这些都考虑过么?他要是没死,你怎么办?"

"我会事先采取措施。"

"什么措施?"

"捆好他的四肢,或者绑缚重物。"

"那在这起案件里你看见到过绳索或者重物么?"

"当然,"记者解下相机,调出照片,"你看,她的双手被绑住了。"法医摆摆手。记者接着说:"很简单,要是我自杀,怎么能将自己双手绑起来呢?"

"这在自杀中并不罕见,你没见过而已,"法医做起手势,"你既可以通过别人帮忙,也可以自己先做好绳套,用牙齿拉紧系带。"说完他慈悲地看着记者,就好像不是他在疲于招架,而是对方就要踏出最后一步,掉进自己安排好的陷阱里。记者果然说:"你也不能排除有人将她双手绑住然后将她推到河里的可能性。"法医鼓起掌来,警察将船夫带过来。

"你问他吧。"法医说。

"是哩,是我捆住了她两只手。"船夫说。

"什么?"

"是我去捆住她的。"

"你为什么要捆她?"

"我们都这么干。"

"你们将尸体的手绑住?"

"是哩,这样我们就能把尸体拖到岸上来。"

"你不可以将尸体弄到船上吗?"

"不吉利。"

船夫又补充道:"我捆的时候她已经死了,鼻子下冒着泡泡哩。"记者吸了一大口气,胸口跟着鼓起来,我真想踹死你这老东西。法医微笑着走过来,摸出烟,不停在烟盒上敲打这根烟,说:"写新闻不是写小说,你说是吧,小何?"记者面红耳赤地收起采访本,说:"我不也是为了工作吗?"

摄像师重新打起手势。法医抓紧吸两口,摁灭香烟,重新坐回去。"我不知道你们知不知道河流的宽度?"他比画着,"只有这么宽,四到五米。你游几下,这么说吧,挣扎几下,就到对岸了。"

"嗯。"电视台记者说。

"想弄死一个人还是很难的。"

"那这同时是不是也意味着自杀的难度增大？会让既遂率不高？"

"不，对自杀心切的人来说并不如此。给他一口水，他就能将自己溺毙。对人生感觉太累的人，可以将脸伸进马桶淹死自己。还有的人，仅利用山间一场大雨，醉卧于小道，也能让肺部进水。所有证据都表明这起案件的当事人在想办法寻死。她先喝了农药。"

法医抽出尸检报告：

"我们从她体内提取到有机磷制剂。农药是她自主喝下去的。这是她原本想采用的自杀方式。如果是别人将她弄死后再灌入，那么因为代谢停止，我们便不可能在肝脏等处提取到农药。"琥珀色的酒瓶没有瓶盖，放在椅上，酒里掺了敌敌畏，散发出臭味。河水隐藏着布片、剩饭剩菜、用过的卫生巾、黑色的泥浆以及正在自溶的死猫死狗，也非常臭。河水裹挟着它们极为缓慢地流淌，也将它们沉淀。春天已喝了四瓶，第五瓶里掺了农药。她坐在路边椅子上，仰望着沉闷的夜空，程序性地抓起第五瓶。她只喝了一小口便弯下身子呕吐。但她还是再喝了两大口，确定喝进去一些。

"她喝得不多，不足以致死，但身体反应强烈。"她抱着头，跟跟跄跄地走。右腿朝右边晃，在右腿成为支撑腿后，左腿朝左边晃。她往前晃了几步，便连续后退。她半转过身子，继续晃荡着。头是晃动的根源，让她的身体转着圈儿。她恶心呕吐，汗如雨注，同时还在来回转着圈儿。不一会儿，她感觉进入一个雾的世界。路灯、座椅和树枝变成大大小小稍浓的轮廓。她紧抓着头，大口喘气。

"她的身体已被损害一部分，但尚未损害彻底。求生不能，求死不得，比死还难受。"她来到生与死的中途，人间就在井口，闪现着讽刺的弱光。她没有力气再爬升一步。而井底那永远黑暗的处所，像母亲一样挥舞着煽动性的手帕。跳吧，跳下来。她反复权衡着：就一下子，什么都结束了，不会再有肉身的疼痛和精神的磨难了。还有，再不决定就来不及了，就会像重伤的野猪在泥浆里永恒地、可怖地抽搐。

"因此，她跳入几步之遥的河里。她不再顾及河水臭气熏天。这在自杀案例中很常见，很多事主最终都背离了最初的自杀方式。"春天开始走。她走了很久很久，像身处于噩梦，怎么也走不动。她焦躁，恐惧，愤怒。最终她辨清河流的细响。她走上防洪墙，哀鸣着，猝然栽向河里。她飞落时，所有世事像高速奔跑的数字在她眼前清晰闪现。被遮蔽的事都有了眉目，哦，就要恍然大悟大彻大悟了。然后她被河水及时吞吸。河水像无处不在的冰刀，刺进她身体，在她的思维里划来划去。

"还有这里，"法医展示出又一张照片，显示春天的手掌充满淤痕，皮都破了，右手食指和中指甚至露出骨头，"她在尝试往岸上爬，在抓，不过最终能抓牢的只有水中的水草了。"

春天够到防洪墙的护沿,双手不停颤抖。她再也使不出力了,就是支撑着不让身体掉下去也办不到。身体正像一头野牛,将她朝反方向无情拉拽。她终于像一枚孤独的炮弹,再度掉进河里。有段时间,她从水里伸出一只手或半个脑袋,但后来我们能看见的便只是微微隆起的水面。她的面孔开始在广袤而沉闷的夜空浮现,这张灵魂的脸独自待在虚空,看着自己越沉越深,一直像秤砣那样依附于水底,被水底吸住。后来,它也消失了。

"是不是可以说,她还是有着强烈的求生欲望?"电视台记者说。

"你可以理解这个想死的人已经死了,而她的躯体还在做本能反应。"

法医点上烟。摄像师扛着机器走了。屏声静气的众人开始说话。矮胖记者走过来,说:"你没办法证明农药不是别人骗她喝的。她喝醉了。"

"你有证据么?"

"没有。"

"没有证据你说什么?"

"反正我没办法完全排除他杀的可能性。"

记者走回去时,拉拉船夫腰间的尼龙绳。"不关我事。"船夫晃荡着脑袋。

"你不错嘛。"

"不关我事。"

"你为什么不绑她一只手,绑一只手不是也能拖上岸吗?"

"这个要看情况哩。"

"绑一只手不是更省事吗?"

"我不知道,我要回去哩。"

记者嫌恶地丢掉绳子。这时,警察说:"你们不是要问吗?这里有个死者以前的房东。"那伙记者便转过来,齐刷刷地看我,就像我身上别着什么明显的凶器。

"我还有事。"我说。

"就一会儿工夫。"他们中的一个说。倒是那矮子说:"有什么好问的?"他一个人先走了。

"我们就耽误你一会儿,"剩下的一直跟在我后边,"她是你什么人?"

"我妻子过去的同学。"

"她为什么住在你家里?"

"她是我妻子的同学,和我妻子感情很好。当时她租不起房子。"

"你知道她做鸡吗?"

"不知道。"

"真不知道假不知道?"

"真不知道。"

"当时有没有男人上门来找过?"

"没有。"

"那有没有人打电话给她?"

"不清楚。"

"她在你那里住了多久?"

"三个月。"

"三个月,你怎么可能不知道?"

"真不知道。"

"你连她是做鸡的都不知道?"

"当时她可能没做。"

"那你知不知道她偷东西?"

"不知道。我得走了。"

"就这个问题,她有没有偷过你的东西,或者别人的东西?"

"不知道。"

"那你有没有收她房租?"

"没有。"

我继续走,他们像飞机抛出的降落伞,离我越来越远。他们说:"不收房租,可能是用睡觉抵了。"我立刻停住,指着他们:"说什么呢?"

他们摊开双手,阴阳怪气地看着我。

"我告诉你们,你们左一口鸡右一口鸡,你们呢?你们不是吗?"有时发怒会让人说话流畅很多,"你们有没有想过她也是一个人,也有属于人的尊严?她都死了,你们还纠缠那些事干吗?"

"她做鸡是不可争辩的事实,我们用事实说话。"

"去你妈的用事实说话,你们只是挑有利于你们的事实而已。你们的报道有一句同情她关心她的话么?你们关心的只是读者的肮脏心理。你们为着讨好读者,不惜出卖一个可怜的女人。这就是你们自诩的新闻正义?你们跟那些恐怖分子有什么区别,你们不就是报纸的败类新闻的亡命之徒吗?你们从前到后,有从人的角度去理解一个当事人么?"

"你理解过。你说。"

"滚。"

我走向车辆。可仍旧气不能平,我转身继续咆哮:"什么事到你们这儿,都被刻画成色情。色情、色情、色情,你们脑子里除开这个就没别的了。一旦不是色情,你们就疯狂做伪证。你们有笔能写,信口雌黄没人管。你们不怕报应。"

他们一起笑起来,你看他,说得头头是道的。我钻进车,感觉爽多了,觉得只要一提方向盘,车子便能跑向天空。可不一会儿,脑袋便鸣响起来。我去了电玩城,到处是嗒嗒的枪击声,我玩不好,便去洗浴中心。水柱砸向地面,也是嗒嗒的声响。我还得去迪厅,迪厅真好啊,就像有什么东西主导着我们,嘭呗,嘭呗,嘭呗嘭,让我的一只手不由自主弯出来,在脑袋和肩膀跟着弯过去后,它又主导你朝另一个方向弯去。没人告诉你这样，是你自己知道就要这样。这样我就无暇顾及那让人发疯的嗯唵声了。

后来我将脑袋塞到小姐的胸里，说："就这样捂我一夜吧。"

"不。"小姐来回碾压着我的阳具。

"就这样捂着我的脑袋，求你了。"

我捉住她的腰，继续说："我给你两千。"

我直到次日才回到小区。阳光明媚，而我因为疲惫而恶心。我将车停到门口，甩上车门，看见那伙记者守在一辆车内。来了，来了，他们怂恿着穿鸡心领毛衣的矮胖记者。后者摇开车窗，说："不要以为我们的办事能力差。"

"操你妈。"

我走向小超市。我听到车门被关上，感觉他像豺狗一样盯着我的背部。他一定一只手插在裤兜，另一只手晃荡着，他用眼神跟同伙说，看我的，然后继续吊儿郎当地走过来。最终他拍住我肩膀，说："听说你和她关系不明不白。"

"谁？"

"死者。"

"我说你是听谁说的？"

"你别管，你就说有没有这回事。"

"谁这么诬陷我？"

"这个人，你认识他，他也认识你，"他的手划向空中所有住户，"当然我也认识他，虽然刚认识不久。不过，从我的角度来说，我还是愿意相信当事人一点。"

"没这回事。"

"我也是为你好。"他看着我，你最好考虑清楚，写什么，怎么写，都在我。

"滚蛋。"

我继续走向小超市。他走过去拍打我的汽车，说："你不知道马路边不能随便停车的吗？"接下去又对那一伙记者说："一个普通居民而已，把自己当新闻发言人了。"直到我从超市结账出来，他还在说："你不觉得你现在的表现很可疑吗？"

我想抽他一顿，但我想他没什么招了。

5

列车最终悄无声息地驶出去，就像上帝轻轻移走一块积木。一共十五节，一会儿就溜完了，我看见对面的月台空荡荡。它好像只装载小莉一人，它的任务就是负责将小莉从我身边装走。我感到一种散架的孤独。我们家就像散伙了。

我随便吃了点，买到刚上市的早报晨报都市报，坐在车站逐字逐句读。它们以较大篇幅报道春天事件的新进展，可用其中一道标题概述：

护城河悬案添新疑点

死者生前被搜身侮辱

它们以一名 KTV 小姐的讲述为底，外加许多评论性语言组成。她化名芊芊，就是穿旗袍、涂口红、在河边喋喋不休的那位。她敢作敢当，拨开身边掐她的伙伴，提着裙摆走到刚被她们拒绝的记者面前，说："她就是被他们害死的。"

"别说。"

"什么别说？要是没做亏心事，他们为什么跑掉？"

"事情都过去一个月了。"

"就是因为这个，就是，"她觉得旗袍很闷，叉开两腿，像只圆规那样站着，"来，有多少料我给你们报多少料。别拦我。"

一枚从周生生买的铂金戒指，价值约一千五百元。毛毛戴不进，问："你这是给谁买的？"

"给你买的。"马勇讪笑道。

"你怎么不带我去试？你知道我指围吗？"

"我身上有钱，一时高兴，临时买的。"

"谁信？"

"不信拉倒，拿来。"

"不，你说清楚。"

"拿来。"

"给我试试。"这时春天走过来。毛毛愤怒地递过戒指，说："你试你试。"

"走开。"马勇说。

"给我试试。"

"你试，你试啊。"

"你别哭，男人是你从我手里抢走的，我都不哭，你哭什么？"

春天对着光线举起它，在男人就要抄走时，一转身，戴到右手无名指。严丝合缝。不多不少。她还甩了甩手，它就像生在上面。"摘下来。"马勇吼道。春天转过身，看见他作势要扇下来的巴掌，说："打啊，打啊。"毛毛气得不成样子，不停跺着高跟鞋。

"打啊，你倒是打啊，这个戒指你说要买给我，转手送了别人。"那巴掌便打下来，并不重。"你以为你是什么东西。"马勇说。

"我不是什么东西，我只是好怀念生病时，有人跑来，又是炖汤又是按摩的，"春天摘下戒指，瞟了眼毛毛，还给她，"我只是戴戴好玩，他哪里会给我买什么戒指，他也从没带我去金店试过指围，我只是逗你玩儿。"

至少在这个环节，姐妹们认为春天是打了漂亮仗的。那戒指从此像脏东西，毛毛指头没法戴，心里也戴不上，可为着刺激春天，总是拿出来玩。"你玩着玩丢了怎么办？"有人说。

"丢就丢了，好大一场事？"

可真丢了时，毛毛大汗淋漓，在衣柜、收银台和包厢不停翻找。包厢灯暗，她便取了应急灯，后来还拿扫帚柄去沙发底下扫荡。"他要是知道了，还不打死我？"她看着姐妹们，"也不知道是谁人品这么烂,手这么贱?"

"你好好想想,最后一次见到它是什么时候?"

她骂骂咧咧地想。马勇走来时,她还是没想到。"什么事?"他说。她低头咕哝着。卫生间,肯定是,上个卫生间,不见了。

"到底怎么了?"马勇烦躁地问。

"春天偷了我的戒指。"

"你确信?"

"我记得上卫生间回来时,看见她的身影。"

"你确信看到?"

"百分之八十是她,百分之百。"

"春天。"马勇喊叫道。

"什么事?"春天走过来。

"你拿了毛毛的戒指?"

"没有。"

"我再问你一次,拿没拿?"

"没有。"

"我给你机会,你自己拿出来。"

"我没拿,怎么拿出来?"

"我最后一次警告你。"

"我没拿。"

"好吧,所有人都给我滚到更衣室,滚进去。"

马勇像赶鸭子一样将大家赶进去,命令每个人打开衣柜,由毛毛挨个检查。现在想起来,并不是毛毛有什么证据,她只是出于害怕,要将丢失戒指的责任推给别人。她选择了自己最恨的人。可是春天瑟瑟发抖起来。在所有衣柜都没找到这银白色的玩意儿后,毛毛喊起来:"扒开春天的衣服,搜身。"

春天缩着身躯退到墙边。毛毛走过去,抽了她一耳光。"没有。"春天说。可还不如不说呢。毛毛蹲下去,掀开春天上衣,将手探进胸罩里摸索。"没有。"春天痴愣地看着上方,气若游丝。

"什么没有?"毛毛从她胸罩里取出戒指,"你看看这是什么?"

"这是我的。"

毛毛戴它,果然戴不上。"你看清楚,这是谁的?"

"我的。"

毛毛一个巴掌打下去,将要再打,被马勇拎走。春天眼里闪出一些欣喜来。可是马勇挽起衣袖,躬下身子便揪住她的头发。春天开始弹跳。马勇没有抓好,重抓了一次。他拎起她,用手肘压住她脑袋,掂了掂,说一声"起",三两步便跑向另一头。春天的身子跟着自己的头发,头发跟着那只文着暗蓝色大龙的粗手,朝另一头奔跑,猛然撞到墙上。还好墙上包得厚呢,墙体也是木板,否则准得撞死。

"是不是你偷的?"

"不是。"

马勇换了另一只手，重新抓牢，不停拎着往墙上撞。"你这个疯子。"马勇咆哮着。而春天还在说："你说过永远不打我的，你说过。"

"你他妈就是一个疯子，我认识你的时候你就是个疯子。"

马勇是个偏执狂。我们以为撞三五下就够了，可他撞个没完没了。我们一起去拉他胳膊，他还是用尽最后的气力，将她撞了一次。墙都凹下去一些，脖子撞歪了。

因为这事，很多人觉得过去一些莫名其妙的事都得到解释，比如一只耳坠不见了，或者本来是五百元的转过背回来就只剩三百。她们恍然大悟。可我觉得春天不是这样的人。春天是偷走了戒指，可这和偷走一个男人相比算得了什么？你偷走我的男人，我偷走你一枚戒指，不算合理吗？何况这戒指本来就是买给我的。谁比谁不要脸？春天当天就走了。

我坐到九点，买了啤酒，一手抓着方向盘，一手握酒瓶，开车回家。我看见路人指着我，无声地惊呼，交警也露出疑惑的眼神。我若被逮起来就好，我实在没办法安排自己的生活了。

我在家里沉沉睡去，直到房门被敲响。是物业的人。"公安分局打电话来，要你下午两点前去一趟。"他说。

"什么事？"

"没说。"

"你确定是找我？"

"是。"

"那你知道是询问还是讯问?"

"我不懂,你最好赶紧去一下。"

"一定是找我去问春天家人的联系方式,"我说,"一定是这个。"

凭什么。我坐在沙发上,不停地换电视频道。凭什么。可最终我还是驱车出了门。在岔路口,我看见阳光暖融融的,像在人行道上铺了一层明晃晃的水,树枝和树叶全镀了金,灿烂地摇曳。这是自由时刻的景象,你可以就此开溜,远走高飞。可我还是驶往分局。我反复跟自己强调:询问针对的是证人、受害人以及知情的人,讯问针对犯罪嫌疑人,如果是犯罪嫌疑人,不会打电话来,直接上门扑倒就是。

驶入分局大院后,我没有急着打开车门。我还在想,这一生我到底做错了什么事而自己还不知道?或者,我曾经得罪过什么人?等到我确信嘴里没一点酒味后,才走下来。我想我害怕的是公安局本身,就像头一次住院的人,满脑子都是开膛破肚的传说。

"没事的。"我在走廊听到一个来回兜圈儿的人这样呢喃。他穿着松软的白衬衣白背心黑裤子,脚上还蹬着凉鞋,趾间粘着发裂的泥块。他是船夫,自言自语道:"我不就是听你们指挥打捞一下吗,打捞有什么错?"我斜盯着他,他便低头避开我的眼神。我按纸条上写的,敲开某间办公室的门。一位戴着眼镜的白胖警察坐在里边。"坐,坐。"他站起来,带着本性里的善意。还给我倒了杯水。这使我大为宽慰。

"请问找我有什么事?"

"没事,就是想了解一些春天的事。"

"她是我妻子过去的同学。"

"她为什么住你家里?"

"她是我妻子的同学,和我妻子感情非常好,她又穷,租不起房子,就住到我家里。住了三个月。"

"你觉得她是个什么样的人?"

"是不是好人不好说,但至少不是坏人。她讲礼貌,很少给别人添麻烦。"

"你知道她在 KTV 干过么?"

"我也是最近看报纸才知道的。"

"她有没有向你或者你夫人说过什么?"

"说什么?"

"谁谁对她不好之类的。"

"从没说过。"

"你回忆一下。"

"没说过。"

"她住在你家时也没说过?"

"没说过。"

他做完笔录,走过来给我看,我伸出右手食指,轻点印泥,在签名上摁了黄豆那么一块。"你们每个人摁指纹怎么都这么小气？公安局就有那么可怕？"他说，但没让我再摁。

"我可以走了么？"我擦着印泥，说。

"听说你是画家？"

"只是业余爱好，算不得什么。"

"那你怎么看这事？你坐。"

"现在的死亡都他妈是受辱，"我在报复自己刚才的谨小慎微，"在之前任何一个世纪，死亡都是私事，都是一个人庄重的谢幕。而现在，你看看现在，它变成人咬狗的新闻素材。你不知道每天有多少读者对着春天这个名字手淫。"

"你这么说很新奇。"

"还有更新奇的。就是以前我从不信一句话，现在信了。"

"什么话？"

"'人一进公安局，没罪也会觉得自己有罪'。"

他看起来乐翻了。我说："现在我可以走了么？"

"你等等。"

他背着双手，游荡到走廊，将脑袋探进会议室。通过虚掩的门，我看见会议室地上团着一捆沾满灰尘的电线。"我可以走了么？"我说。

6

这是个念头。就像我听见的嗯唵，只是个念头。它扎根于脑海,小莉却试图通过肉身的位移来躲开它。"我们快点走,我一刻也待不下去。"她说。她弄不开车门,嘭嘭地拍打它。我一转,它便开了。她刚发动好汽车,熄火了。她当然又不停地拍打方向盘。

"手刹没松。"我说。

她嘶嘶地发着气,吼道:"还愣着干吗呢,还不过来开。"我便下车。在擦肩而过时,她既不看我,也不说话。她脸上扑满白粉,神情僵硬冷漠,身上散发着我没闻过的味道。这是憔悴的征象。她半躺着坐好,眯着眼说:"看见什么了?"我知道她不需要答案。河边,记者和围观的人都走了,穿旗袍的小姐该说的都慷慨激昂地说了,如今在孤独地烧纸。她一边用小枝拨弄不大的火焰,一边哭。她既为春天哭,也为自己哭,归根结底,还是为自己哭得多一些。我没有告诉小莉这些,我什么也不说。

直到到达农庄,她还在睡。而一醒来,便说:"这是什么地方啊?"她看见的想必也是我看见的,挂着暮色的屋角,阴凉的地面,一伙从不认识的人。他们带着动物那样的眼神,平静地看着我们。这不是你指名要来的地方吗,我想。

"我们先去吃饭。"我说。而小莉跟着店员走向房间。是大炕铺。

"不是说有单间吗?"我问。

"不好意思,你看也不影响什么。"店员说。

"那还有单间么?"

"没有。"

"这到底是什么地方啊?"小莉吼道。

"男女会分开两个大铺,都这么睡七八年了。"店员鞠着躬,退了出去。

"我怎么睡啊?"她继续吼道。

"我也不知道会这样。"

其实地方是她定的。她发泄完,就会从后面抱住我,撒撒娇。可现在看起来不会了。"我们去吃饭吧。"我说。

"不想吃。"

我们去了大食堂,她果然只吃了几片葱花。我发现这里有股蠢蠢欲动的气息。当店员将几张桌子拼到一盏亮灯下时,男人们抛下筷子围过去。他们要进行简单而快捷的赌博。店老板洗牌,游客抽取一张,如果抽到九,而上家抽到七,则可以赢上家两百。如果下家是六,还可以赢下家三百。每个人都觉得自己会赢。我抽了一张,赢了一千。

"别玩了。"小莉说。

"您别不好意思。"店主讪笑着。这时我的血液正茂盛地流开阔地流,全身正在发痒。"再玩几把。"我说。

"我说别玩了。"

"最后五把,就五把。"

小莉靠在我肩上睡了。要不是我突然抖动胳膊,将一张大牌甩到桌面,她估计永远都不会醒来。她说:"怎么还没完啊?"

"就快了,就三把。"

"怎么还有三把?"

"最后三把。"

我说的是真心话,但是三把复三把。一直到我望了几圈没望到小莉时,才收手。我想我真该死。我走到大炕铺,掀开门帘,就着昏暗的灯光找,没找到。其中一个有点像,我轻拨她肩膀,她便翻转过身,继续打鼾,鼻孔下还挂了一颗泡泡。她去哪儿了。我焦灼地走向农庄的每个角落。不会被强奸被谋杀被丢进井里了吧,天黑透了。我打电话没人接,又不敢太过失态地呼唤,我去问路人,他们努力回想,若有所思,最后摇头。我走向门外,汽车还停在那儿。我拍打车门,又用手机的弱光照,没人。

这真跟噩梦一样。

我终于丧心病狂地喊起来。店员仓促跑来,将我带向厨房。一位厨娘正在涮锅,她努努嘴,你看她睡得多香。我看到我亲爱的孩子正扑在木桩上,就着旺盛的火盆睡呢。我在厨娘的嘻嘻笑中将她抱出来。

"去打啊,再去打。"她扑打着,我嘿嘿笑着。然后她真的、粗暴地、怀着恶意地推开我,走下地面。

"我要回去,我们什么时候回去?"她说。

"我们才刚来。"

"我要回去。"

我看着她恶狠狠的嘴脸。"好，你不走，我走，"她转身就走，"你就死在这里玩吧。"我心里被割伤了。不过我还是跟着她去锁柜取了行李，又跟着走向汽车。我说："还没退钱呢。"

"有多少钱，要退你去退吧。"她夺过我手中的钥匙，推开我，打开车门。我拉她，她便弹跳起来："干什么？"

"我来，天太黑，我来。"

直到回到家，我们还是没说一句话。她在副驾驶位置低头睡着，我开着车，眼睛紧盯车灯照耀的路面。就好像不是车辆在奔驰，而是柏油路将自己送到轮胎下。柏油路将我想说的话一遍遍滚送出来：

跟女人你没办法讲道理

跟女人你没办法讲道理

没办法没办法，没办法

跟女人你没办法讲道理

我将她抱到床上，盖好被子，然后拉着她的手，坐着睡了。我像睡了几个世纪，直到被窸窸窣窣的声音弄醒。小莉在往大旅行包塞东西，因为愤恨，动静很大。

"几点了？"我问。她没回答。我看墙钟，凌晨两点。

"你要干吗去？"我问。

"回家。"

"这么晚回什么家？"

"我要回家,我一刻也待不下去了。"

我起来坐到沙发上,这样离她就近一点,我看着她每个动作以及它们投射到墙壁上的巨大阴影,说:"开车回去?"

"坐火车。"

"票订好了?"

"当然。"

"什么时候的车票?"

"五点。"

"怎么这么早?"

"我跟你说过,我一刻也不想在这里待下去了。"

她不停在茶几上撅那只包。我啜嚅着。我已提前预知到那巨大的孤独,我将一人在此度日,我们就是一起去住段宾馆也好啊。"这都是什么事儿啊,"她因为找不到什么,而将衣服从衣柜全部扯出来,抖落一地,"这他妈都是什么事儿啊。"

"别这样,慢慢找。"

"我知道。"说着,她仰头哭起来。我心里硬掉的东西又软下来。我听到她说:"你说,都死这么多天了,还嗯唵个嘛?"

"你听见了?"

"是,嗯唵个没完。"

"是隔壁老人在嗯,嗯一两年了。"

"但愿是吧。"

接着她对着空气质问:"我今生没作践你,前世也没祸害你,你怎么就独独不放过我?叫你来家里住,难道也是我的错么?我得罪你什么了?"

"别这样。"我说。我想抱住她,在她耳边说——我爱你,比以前任何时候都爱,特别爱,就这会儿,我以前觉得你只是亲人,但现在我特别爱你,我从没像现在这样爱你——可我的双腿像处于滚滚激流,无法挪移。她沉浸在自己的情绪当中,并不看我。就是我紧紧捉住她的手,她还是沉浸于这悲哀。她抽走自己的手,将自己从这个房间、这个家、这个城市里无情拔走。她哪怕说句"你记得照顾自己"也好。

我驾车穿透黑雾,送她至火车站,陪她取票、过安检、上月台。我捏着站台票,像战败的将军,表面矜持,内心灰凉,看着对手席卷走一切。从今往后好长一段时间,都是我一人过,月光穿漏,被褥冰寒,地起西风,纸屑飞舞,家将不家,人将不人。

小莉走进车厢。

她一直没转身,没招手,也没投身于什么紧要的事。她视我为无物。她麻木地坐下去,将包放于膝盖,闭上眼,长嘘一口气。她迫不及待找她老妈去了。我用手捂着嘴巴,感受着鼻孔酸楚的味道。我就像吃了芥末。列车一共十五节。

7

我走下斜坡,穿过水泥道。每隔一定距离便有一棵柳树,两棵树间又有一张长排座椅。在道路和防洪墙之间是绿化地。河水的臭味飘来。人们看着那个小姐从塑料袋里取出纸钱。绿化地像是被一头牛来回踩踏过，泥土边缘像尖刀伸出来。

"你就是爱看。"

在来之前，小莉说。可她怎么不问问自己为什么那么磨叽。女人就这样，无论什么性质的出行，都会弄成极大的外交事件，要做充分细致的准备，特别是在脸上。我说："我就在那儿等着。"我在阳台上看见河边新聚了十来人。

小姐捏着火机，抖落纸钱。她穿着旗袍，没法蹲下去，因此躬着身体。一滴极大的泪珠无声地滴向地面。她眼前那块小地倒是平整光滑，枯草微微起舞。我好像看见肉身躺过留下的凹形。那颗小石子还待在那儿。

最初尸体被扔来时，由一张腐烂发黑的草席盖住，露出湿漉漉的头发和一条腿。船夫蹲着，不时咳嗽、抽烟、擤鼻涕，眼睛始终痴愣地看着尸体，就像不相信这东西是自己辛苦一早晨打捞出来的成果。人们骑着车，直视前方，驰过水泥道。他们骑过去一拨又一拨，直到一个人捏了捏闸，从车上跳下，跟着车跑了几步。她一只脚踩向脚踏，想再次骑上去，但猛然惊停，果然啊，她一直看着。那些后来者将脚踮在地上，扭过车把，跟着她惊异地看。

"不关我事。"船夫盯着地面说。

草席下露出腿，脚踝惨白，脚底起了皱缩。裤子水淋淋的，滴着水。丢在一边的一只松糕鞋因为浸满水异常鼓胀。人们被同类死亡的景象击中，看见自己的未来，嗫嚅着，脸上闪现出纯净的哲学色彩。可用不了多久，随着太阳带来热气，他们便躁动起来。后边的挤前边的，前边的尽量不让挤过来，又见人丛中伸出一只手，不停召唤，那些还滞留在水泥道的新来者便毅然跑过来。在大道远处，还有许多人快速骑来。其中一位骑着没电的电瓶车，蹬两圈儿，车轮才转动一圈，车身歪歪扭扭，人心急如焚。他们团聚时黑色脑袋组成可怖的景象，就像一群秃鹫被饥饿折磨，不停地挤来挤去。

"怎么回事？"其中一位说。

"是他们叫我打捞的，不关我事。"船夫走掉了。他缩着肩臂，压制着自己不要走太快。那说话的人看了一会儿船夫，转过身来，举起一根手指，哦，他翻出名片："这事报料的话，至少值五十元。"

随后，三个女人搭乘三轮车赶来。她们穿着轻佻的衣服，浓妆艳抹。人们都知道这是什么人物，也通过她们焦灼的脸色知道死者是什么人物。她们走进人们自动让开的小道。

"不太像。"一位说。

"怎么不像？你看那里。"另一位说。

她们便看那松糕鞋。"鞋带上还有她系的小东西呢。"第二个说话的人补充道。这时，一直没说话的那个穿旗袍的小姐咧开嘴，皱着脸，夸张地笑起来。直到哽咽的声音传出来，我才知道她是在哭。她的手腕上文着义字。人们就像城里人看乡下人、人类看动物那样，嫌弃地看着。就是在她哭起来后，这嫌恶也没减轻，顶多只是多了一点新奇的看法，原来就是做鸡的也有感情呀。他们用眼神互相肯定彼此的看法。他们的眼神还像一双手，拉扯着新来者的胳膊，让他们着重注意这几个浓妆艳抹的女人。等她们眼眶湿润地走掉而记者们又赶来时，他们嘈杂地汇报：是附近 KTV 的。小姐。卖屄的。

记者们跳过来。摄像的，笔直站着，眯住一边眼，将摄像机摇来摇去；拍照的，时而单膝跪地，时而踮着脚尖，时而跑到更高一点的地方，咔嚓咔嚓，没完没了；写字的，不停在笔记本上写着，写完一页，便粗暴地翻过去。人们围到后边，轻踮脚尖，伸长脖子。"走开。"那些记者朝后头掸手。

只有一位穿鸡心领毛衣的矮胖记者一言不发，蹲在尸体前沉思。当有人招呼他时，他猛然伸出手制止。他就像我们天才的孩子，皱着眉头，歪着脑袋，一动不动，像要从尸体上谛听出什么。他找到一根小枝条，挑起草席一角，人们跟着侧下脑袋，想看见什么。只有阴影。他一直盯着那里，忽而又扔掉枝条，揭起草席。他一边站起身，一边揭，将草席掀到一边。然后他取出相机不停拍摄。拍完了，他将双手插进裤兜，转过身仰起头，继续沉思。

春天躺在那儿，衣服粘在身上，显现出鼓胀的胸部，有的地方没粘紧，储积着水。她裸露出的皮肤极其苍白，像猪被放

149

过血刮过毛，而在枕部、项部、腰部等处，则出现淡红色的斑块。这斑块不是隆起于皮肤，而是隐藏于皮下。据说只要按压，就会消失，而一撤开手，它又重新出现。在她的腰下有一个边缘整齐的三角形小洞，是尸体扔过来时压到了一颗小石子。她正像打鼾的人那样永睡，翘着嘴，鼻下鼓着一颗气泡。她眼球斜挺，睑球结合膜处挤压着血块。她手握泥草，右手的食指和中指露出指骨。就是被绳索捆住，她那死去的手仍然紧握着泥草。

我感到难以忍受。尽管我早知道结局会是这样，知道它是这个神经错乱的姑娘的必然归宿，尽管如此，我还是难以忍受，猝然呕吐。这难以遏制的呕吐就像一个人被划开肚皮，怎么兜也兜不住往外滚的肠子。我双手撑住地面，蹲着，像加大了马力的抽水机那样吐着。人们仓促避开。一位白发苍苍的老头儿拄着拐杖，跟着也呕了。秽物涌出来，一部分粘到他胸前的衣服上。"你非得看，"他的老伴恼怒不堪，拿手帕不停擦拭，"你就是有瘾。"

"我不看呢。"老头儿的眼泪滚出来。

我不能再呕吐时，走上水泥道，走向斜坡，在那里坐着。一直坐到路上开来一辆破旧运输车。警察从车上走下来，大喊退避，对着尸体不停拍照。船夫不知从哪里溜出来，说："你们总算来了。"

"没有哪辆车愿意来拖。"

警察将头歪向运输车，接着又转头回来继续拍。"你的钱别着急，我会帮你落实。"船夫点点头，不知该不该走掉，蠢蠢欲动，很久才说："早上不是拍过吗？"

"早上光线不好。"

"是他们自己围过来的，我拦不住。"

"没事，你回吧。"

船夫便走掉了。警察拍完，招来搬运工。他们戴着污黑的手套，仰着头，将那硬得像家具的尸身抬到担架上。在要抬上车前，他们将担架半倚在车斗，死去的春天便一动不动地靠在那儿，裤脚滴着水。司机跑来帮忙，将她弄上车。然后车辆一溜烟跑了。人们顿时感到萧条，不久都散了。

穿旗袍的小姐不停打着火机——她今天带来了纸钱——那玩意儿嗒嗒地发出声音，蹿出微弱的火星。直到穿鸡心领毛衣的记者来了，她还没点着。"他们说你来这里了。"他说。那小姐看了看他。

"我想采访下你。"他说。

"采访什么？"她说。

"听说你和死者关系很好。"

"是很好。"她停止打打火机，抬头望着天空。

"那你能讲一讲么？"

"没什么好讲的。"她的两个同伙拉着她。

"我要讲。"她平静地说。

"没什么好讲的。"

"不，她就是被他们害死的。"她拨开身边掐她的伙伴，提着裙子走到记者面前。

"别说。"她们说。

"什么别说？要是没做亏心事，他们为什么跑掉？"

"事情都过去一个月了。"

"就是因为这个，就是。"

她觉得旗袍很闷，叉开两腿，像只圆规那样站着。她的同伙退到一边。她在讲述时不时回过头来强调："我要讲。"人们围拢过来，那记者推阻着，就像这事只有他才有资格听。可其实谁都听得见。小姐越说越激动。

最终，人群散去，我听到焦躁的喇叭声。那是属于我的暗号，有人在命令我。我家的老爷车正停在斜坡上那条通往城外的道路上，小莉从车上走下来，走来走去，好不耐烦。我们要去一个农庄。我知道等下她会说："我一刻也待不下去啦。"

8

一则消息：

本报讯（记者何放）昨晨6时许，护城河东段赵家闸处打捞出一具女尸。据在附近晨练的李老先生称，尸体是天亮前被一起晨练的伙伴发现后报警的。赵家口公安分局民警赶到现场安排打捞，并在上午将尸体运走。据记者在事发现场目测，女子20岁出头，身高约 1.62 米，穿着白色上衣、黑色九分裤以及白色松糕鞋，皮肤苍白，部分起鸡皮疙瘩，双手被绳子捆住，已经死亡。记者从警方了解到，该女子身份不明，是否他杀正在确认中。

9

我没见过小莉发这么大的火。她双手打颤，无休止的咆哮滚滚滚滚滚像连珠炮发向紧闭的电梯门。滚哪。她在补偿，刚刚春天在时她一直噎着。我夹紧她胳膊，搂着她回家。她不停挣脱。"你说是不是这样，是不是？"她说。

从此她不再原谅春天。这是女人关系的本质，一旦撕裂，永远撕裂。我们呆坐于沙发，房间就像被龙卷风刮过的废墟。早上，我们仨还一起吃饭，但在上午，有一个离开了。在早上我们不能预测到这个结果。我们以为还要一阵子。我走向春天卧室。枕头被丢在台灯下，床单和毯子胡乱堆着，露出暗红色的席梦思。剩下就不剩什么了。墙壁上挂着几幅画，空调插头悬吊着，窄小的衣柜敞开，只有一只袜子。我不奇怪春天能这么快收拾走所有的东西。我们借给她的地方不大，无法让她繁殖出自己的物品和世界。

我在小莉提着拖把出来时，溜进卫生间。我憋了很久，现在却一点也拉不出来。我越想拉，越拉不出来。写这些你不会舒服，但没有比这更能说明我遭孽的事情了。我觉得是在占用别人的卫生间。小莉和她男人趿拉着拖鞋在外边走来走去，你搞不清他们是在提醒我还是本来就要走来走去。他们让我全身发紧。他们透过这扇薄门监视我。我在这里占用他们的马桶呢。我真丢人。我想只有住在旅馆才能好好地痛快地上一次厕所了。

我坐在席梦思一角。起身时，感觉很多杂碎跟着弹了一下。这感觉不真实，但我还是去揭开席梦思。天哪，在席梦思下竟然藏着鞋带、扣子、别针、牙签、起子、筷子、剪刀、镜子、手机、电池、电线、铁盒、名片、颜料、打火机、烟灰缸、罐头盖、口香糖、避孕套、打折卡、购物袋、不干胶贴纸、木雕观音像、一本叫《茶花女》的书以及一本写着密密麻麻心事的日记。我们用过而熟视无睹的东西和她自己不知从什么时候起积攒的小宝贝，在这里组建成一个王国。

我用食指轻推门，使它虚掩着。我快速翻动着日记本。有时她一笔一画写，可是平静里埋藏着极大的恐怖，她在给世上的每人定罪；有时则行笔快捷，由楷而行，由行而草，终于让一枚枚感叹号充斥着整页，就像她在反复戳杀。最后，每一页日记都被划了凶狠的大叉。我听到脚步声。她一定也说了我坏话。我身上没法藏，只有裤兜，而这会使裤兜分外鼓囊。小莉走进来。"你看，她都搞了什么？"我揭开席梦思。小莉眼睛睁大，我说呢。她将席梦思扶住，我说呢，啧啧。

"这里还有她写的日记。"

我还没搞清楚自己说了些什么，日记本就递到小莉手上了。也许仓促间我想到这样会坦荡一些。我埋头看《茶花女》。小开本。白色封面。女子的剪影。睫毛上翘。法国小仲马著。王振孙译。我反反复复看着这些。一个逃跑的人跑，天经地义，可追赶的人也会因此越来越有信心。如果他转身走向后者，情况会不会改观？"哦。"等下我要这样说。

小莉逐行逐行、逐页逐页地看，眉毛拧作一团，鼻翼张大，脸颊跟着抽搐。我等着她扔掉它，站起来责问我。她却轻描淡写。"这傻逼，"接着她说，"你过来看。"我便乖乖坐过去，侧过脑袋看。

用不着这样，小气鬼，用不着。我只不过用了你家的热水器一会儿，就用一会儿。费不了多少钱。小莉你不用在我洗澡时关掉热水。用不着这样。我会在桌上留五元钱，作为我对你们的补偿。我以后每用一次就付一次钱。以前用的也会慢慢补给你们。你用不着在我面前装什么大方。用不着，小气鬼。

"这他妈是我关的吗？热水器不是自己常坏吗？"小莉说。我点头。"我得罪你什么了？你能识点好歹吗？给脸不要脸。"她接着说。

"算了。"

我接过日记本，重新翻。我看到招聘经理淫邪的目光、路人跟随她一整天试图抢夺她的包、每辆汽车都要撞死她——我感觉自己站在拥挤的被告席，充满凑热闹的安全感——我当然也看到我如何处心积虑地勾引她，路过时蹭她，用手指勾她下巴，将手掌捞向她阴部，等等。

"没这回事。"我说。

我知道，小莉皱紧眉头，不停晃荡着脑袋。我本想说，我没什么机会和她长时间独处。但我觉得不需要了。我撕掉构陷我的这一页，也撕掉构陷小莉的那几页。你最好把它们全撕了，小莉看着我，但我还是当着她的面，将日记本和《茶花女》放进敞开的衣柜。她没亲口说出来，我便不能扔掉它。我让它从此一直待在那儿。这没什么不妥。如果有天小莉找起来而它不在，我还要解释很久。我就让它一直坦荡地待在那儿。

这傻逼。每隔一段时间，小莉便会斥责那离去的人。然后她连傻逼是谁也忘了。正是这遗忘导致她在听闻春天死讯时猝不及防。而我早看到这个结局。这种预见就像隐秘的癌细胞，愈长愈大，愈长愈多，折磨着我的心魂。

我曾以为这是对狗也会有的人道。当我们在一起生活时，彼此不快，恨不能直接叫她离开，可一旦这间卧室空出来，我便心酸起来。我毕竟不是铁石心肠。我们毕竟生活过一段时间。我被妈妈养的狗咬过，妈妈抱紧它退向墙角。我说："你是要狗还是要我？"

"都要。"

我抢夺过来，将它从窗户扔下去。"你疯了。"妈妈哭着说。"我没有，"我拉起裤脚让她看，"我要去打针，不打针我就死了。"我在楼上听见小狗狺狺哀吠。它拖着摔折的后腿，爬到门口，最终让屠夫捡走了。它的脑袋从口袋里伸出来，前腿巴住袋沿，看着我们楼上。我突然感到愧疚。不是因为妈妈，而是我想到屠夫掂量它的动作。我觉得是我处决了它。

我一直在想——春天走到这一步说到底也有我的责任——不过我又想，是，这样很好，但这样的好心也导致你成为毫无防守能力的木偶，任人绑架和利用。虽然春天只对我说过一次，你可以理解这样的话她对很多人说过，可能跟谁说过都记不清楚，但它却成为抓紧我心脏的利爪。她只说了这么一句，我便从此受它奴役。即使她离开我们放走我们，我还是被这样的威胁牢牢控制。即使她说的明显不讲理。

"我死给你看。"

因为这句话，她走向窗户时，我会想到她跳楼；她拿起刀，我会以为她要抹脖子；她剪指甲，我又以为她会刺瞎眼睛。她什么干不出来？她走时我松下一口气，以为从此眼不见为净，可终究还是抵不住对死这种可能的害怕。我想到她死了，别人在她尸身上觅到遗书，指称这一切都因为我，我是道德上的凶手，是人渣和败类。她说这句话时毅然决然。她恶狠狠地盯着我，像用刀将这五个字一刀一刀刻在我心上。她离开也许正是为了让这恐怖的誓言实施得容易些。我想我是不是应该去找她，二十四小时跟着她，以防她想不开。你跑不了，我会死给你看，一定会，你就是一株随时等我收割的稻子，你等着,她长时间看着我。

我去找做心理医生的同学。过去我们亲如兄弟,现在他仍如此,而我却将穿着白袍的他视为心灵之父。我期待他抚摸我的头,将我纳入怀抱。我说:"我总是担心。"

"担心什么?"

"别人死了。"

"为什么?"

"我心软,总担心别人死了,我善。"

"不,"他宽和地嘲笑道,"你这不是善。你其实并不关心对方。你担心的不是别人死了,而是别人死带给你的结果,你害怕承担责任。"

我觉得他说得对极了。他接着说:"你这是强迫症。人或多或少都有这点虚伪。我也一样。你应该跟自己说,死就死吧,去死吧,我巴不得你死。"

后来,我打电话给春天。无数次我都快要拨通,瞬间又放弃。这次我咬着牙,拨完号码。嘟嘟的声音漫长而稳重,像路灯一盏盏亮一盏盏熄,最终全部寂灭。我一共拨了四次。她终于接了,看得出来,她正在忙别的事儿。

"干什么?"她说。

"最近还好吗?"

"还不是那样。"

"那就好。"

"就这事？"

"对，就这事，专门问问。"

这时我听到电话那头有个男人的声音："跟谁打电话呢？"

"一个朋友。"春天说。

"男的女的？"

"你管得着吗？"

"一定是个男的。"

"闭嘴，"春天又转到话筒里来说，"挂了啊。"

我听到她一边嬉闹，一边挂断电话，一时大为宽心。我不知道为什么就这么宽心。她终于被别人接收了，这定时炸弹终于被别人抱走了。我解放了。我开始怀着真正的柔情和小莉一起生活，我从来没这么喜欢过小莉的身体。我们的生活就像才刚刚开始。

10

第五次。最后一次。在处死犯人前，会让他得到一顿像样的伙食。我们预留了春天的筷子、小勺与碗，等候她。我们做的是她喜欢吃的皮蛋瘦肉粥和煎鸡蛋。但这只是试图缓和彼此还要相处的痛苦。我们不知道她当天会离开。我们只是希望她信守承诺，十几天后离开。

"不吃。"

小莉走出来。乳黄色的光从春天房里照出来。"她坐在那儿发呆,说她不吃。"小莉说。然后她坐下端起碗,夹萝卜丝。我也这样做。我们像处在劳作间隙的民工沉默地吃着。我从没听过我们嘴里会发出如此奇怪的声响,我们哧溜哧溜地吃。其间我走向春天卧室。我倚在门边。灯光打在春天身上,在地上留下阴影。她蹲着,皮箱敞开,整齐摆着化妆盒、镊子、卫生巾等零碎,床边小桌上也摆着一些。她将皮箱里的放到小桌上,将小桌上的放进皮箱。如此反复。她声音平静而认真,判别哪件物品属于小莉哪件又属于自己。"先吃吧。"我说。

"不吃。"

"粥快冷了,听话。"

"说了不吃,你聋了吗?"

她一直摆弄着那堆玩意儿。我转过身来摇摇头,小莉以痛苦的神情回应我。我们沉默地收拾碗筷。我们将春天的那份还留在那儿。我冲洗碗筷,小莉拿干布抹,然后将它们放进碗柜。我们做完这些回到卧室,躺在床上。我听到我的肠子发出鸣响,客厅传来春天恶狠狠的声音:"不吃你们的饭,说不吃就不吃。"小莉轻踢我,我坐起来。我看到她也在看我。她一手端粥,一手端小菜,表情惊愕,但很快便仰起头,阔步走向她的卧室。

"她还是吃了。"我说。

"别惹她。"

"她好像在收拾东西。"

"是啊,用不了多久,再忍忍。"

后来我听到春天洗碗的声音。我一直没睡着,我以为小莉睡着了,侧过头看,她也睁着眼,一动不动地看着天花板。我起来上卫生间。春天坐在沙发上,捂着坤包,朝烟灰缸轻弹烟灰。她并不看我。

"要出门啊?"

"不出门就不能带包啊?"

她搂紧坤包,吐了一口烟雾。抽烟的女人真美啊冷漠而茫然。她将身体转向另一边,继续仰着头抽烟。我走进卫生间坐到马桶上。我喜欢将报纸翻来覆去地看,直到待得实在没意思了。我听见小莉趿着拖鞋懒洋洋地走出房间,与此同时,春天蹬着高跟鞋走回自己的房间。就像有项规则:一个空间只允许有一个女人。小莉走进厨房,扭开水龙头,用牙刷搅和水杯,此后挤牙膏,朝右边牙腔捣鼓,又朝左边牙腔捣鼓,一嘴的泡沫。她愿意这样刷一天,一切都会过去,现在难捱,但总有一天会过去,你可以想象现在是未来,未来这里就没有春天了。她不停漱口。

她将走回到房间。我也将回到那里。我们会继续躺着。在这过程中,她拉开刀具柜。她发现又有东西失踪了。"我说春天,你是不是将菜刀藏起来了?"她吼道。

"没有。"春天以更大的声音回应。

刀具柜被轰然推上。小莉疾步走向客厅,走进春天的房间。我拉开卫生间的门,跟过去。小莉打开衣柜,在叠好的衣服间来回翻找,春天面对她,向床头退去。她总是试图掩盖什么而将人引向掩盖的地方。她坐在枕头上。"让开。"小莉扯她。她扭动着身体。

"我说让开。"

小莉用力推她。她悲哀地滑下去,须臾站起。枕头下藏着水果刀、切肉刀、菜刀、锅铲还有擀面杖。"这是什么?"小莉抓起锅铲——我得感谢她仓促拿起的是这个——她们一个握木柄,一个抓铁铲,争执起来。"别动,这是我的,你别动。"春天说。也许等下她们还会抢刀,小莉朝前捅,而春天紧握刃口,血从指间淌下来。这真恐怖。在她们同时弃掉锅铲时,我操起枕头,将刀具压住。

"够啦。"我吼道。她们扭成一团。我捞起三把刀跑掉。回来时,我看见小莉用擀面杖点着春天的肩窝,说:"看清楚,这是我家。"

"不是。"

"那难道还是你家?"

"是。收拾好你的东西,快滚。"

"我要怎么跟你说,神经病。"

小莉用擀面杖敲打着她的锁骨。"我要怎么跟你说,你不记得,是我接你来我家住的吗?"

"这是我家。"

"你看着,这是谁的皮箱?"

"我的。"

"是你的，我们有房子的人不需要皮箱。"

是。我有房子不需要皮箱。我没房子所以需要皮箱。我拉着皮箱到处走走到你家。春天理清楚了，啼哭起来。她要抱小莉，被推开。

"现在请你离开我家。"小莉说。

"求你了，小莉。"

"请你离开。"

小莉指着门外，然后抄起春天的衣服，随便扔向皮箱。春天跪在地上，一件件地捡，当松糕鞋扔过来时，她拖着膝盖快速移动，捡起它，抱在怀里。她可怜兮兮地看着我们，我们仰起头。"请。"在长时间的沉默后，小莉说。春天站起来，说："谁稀罕，走就走。"

事情就此解决了。

春天将东西塞进皮箱，一会儿塞完了。她扣上皮箱，拉着它走出去。一切都按照她的意思也按照我们的意思快速进展。她拉着皮箱走到门外，电梯从一层往上走，走向顶层，返程时会捎走春天。

我站在小莉后边。

低着头。

春天看着变动的数字。她扶着脑门，晃荡着它，在想反扑的办法，就快想出来了。你们家男人完事很快。我希望在她想起来前，电梯已带着她走了。电梯将至时，她转过身来，我迎着她的目光，呼吸急促。她却将目光转向小莉，说："你瞧你，黑成那样。"这真让我诧异。她像侠客那样爽朗大笑，走进电梯。里边没有别人。银色的门关上。她无疑在关门的同时看见小莉全身战栗。她赢了。

"别生气。"我搂着小莉。

这会儿，电梯门又猛然弹开，春天一边摁关门键，一边补充："怪不得当年都叫你野猪林，你这样的人也只配嫁给……"电梯门再度关上。要不是我箍住小莉，她准得飞蹿过去。我倒有些爽快，就像惴惴不安的罪犯终于等到一顿惩罚。春天没来得及说完的应该是："……像陈庆这样的老东西。"

春天今天没和我算账。今天她脑子有点乱。"你不是说你爱我吗？"也许她应该这样说。我会解释不清楚，因为她当初反复问："你是真的爱我吗？你说真话。"

我说："是。"

11

第四次。最近她拒绝和我们用餐。我走出来时，看见她往碗里夹菜。我掸掸手。她眼睛瞬间绷直，随即端着碗朝房里跑去，一些咸菜掉在地上。她甩上门。那声响夹了我的心脏一下。

小莉走出来，脸色愧疚。她在为春天的不懂事道歉。那脸色里同时有凄苦的东西。说明她也站在我这边，是我妻子，跟我一起懊恼于这客人带来的不快。我本想骂娘，但还是摸着她的手拍她肩膀，使她感受到宽宏大量。

那门忽而开了一小半，春天的脑袋伸出来。她看见我们在，又仓皇关上。我很吃惊她怎么没将脑袋夹死。大概是怕没关好，春天重关了一次，随之转上内锁，用钥匙反锁两圈。"他妈的。"我恶狠狠地说。小莉捉住我胳膊。"他妈的。"我重复道。

"你别生气。"

"我没。"

"她会走的。"

"我知道，我没生气。"

也只有小莉在时，我才敢发泄。小莉放下捉住我胳膊的手。"我不会再生气了。"我说。她走向春天房门，头还在看着我，快走到时，才面向那扇门。她敲了几下，叫唤着，又敲几下。没有回应。也许睡了，就让她安静一会儿，小莉看着我。

"我只是要缓下，缓过来就好了。"

"我知道。"

小莉看着我，继续说："我开不了口。"

我们走向沙发。我的手摊着，小莉捡起来握住。我们打开电视看却什么也没看。直到狭小的卧室里传出声响。内锁转开时弹动，接着是钥匙插向锁芯转动。春天拉门把手。咚咚咚，好像要将它扯下来。"是旋转，不是拉。"我吼道。她照此处理，却没转开，因此不停踹门。这该死的娘们儿还骂："放我出去，我要出去。"

"没人关你。"

我走过去，将钥匙插向锁芯，插不进去。"抽走你的钥匙，让我来开。"我吼叫道。那边什么声响也没有。"抽走钥匙。"我继续喊。

"是你们将我锁住的。"她悲啼道。

"我们锁你干吗？"

"你们就是，你们故意这样，你们凭什么锁我？"

她一边哭一边拍打着门，不一会儿用脑袋撞起来。我被她的绝望弄焦躁了，也不停地拉起门来。"我来。"小莉推开我。她试图插进钥匙，接着拉动门把手。没用。她想了一会儿，说："春天，你在里边将钥匙再转一圈。"

"转过了。"

"你只转了一圈，再转一圈，朝左转，听话。"

里边哆哆嗦嗦转了好大一会儿，锁芯才弹响。门被拉开，一股风蹿过来。房内的窗户开着。她大概还想从那里跳下去，这该死的东西。小莉骂骂咧咧，而她一把抱住小莉。她额头青肿，像是刚从厉狗的追击下逃生，她抱着小莉不停地哭。

"没事了。"小莉说。她哭得更凶了。小莉推开她，说："看清楚，是我们害你吗？我们害你了吗？"

"我们真应该将她的东西扔出去，让她走。"小莉说。

"嗯。"

"我这两天试着问她，看她什么时候走。"

"我不是那个意思。"

"总是要问的，我烦得不行，烦死了。"

次日我们起床，发现春天房门紧锁。我记得她是开着睡的，门边挡着椅子，以防门自己关上。可这会儿又关上了。我们敲门，听到平静的回应："进来。"我们推开门，看见她坐在床沿。晨光从窗户涌入，在她脸上打下神秘的阴影。她这会儿就像我们的妹妹我们的小朋友，侧过脸讨巧地看着我们。她眼里荡漾着光明而温暖的湖水。她仰着头，露出微微外翻的白齿，心无芥蒂地笑着。

这笑如此美好如此天真，就像暴风雨后寂静而充足的阳光，晒照于我们内心。

我们吃了一个快活的早餐，然后打牌。她是照牌理出的。小莉问她店铺的事，她说老板娘回老家一趟，可能要先歇业一阵。小莉看了我一眼，见我没怎么催促，便也不问春天什么时候走了。倒是春天说："我可能月底走。"

"干吗要走？"小莉说。

"我那边找了间房子，一直挺麻烦陈老师和你的。"

她这么说时，脚在桌底朝我移动，触碰到后轻轻摩擦我的一只鞋。我缩回双足，专心看牌。她仰起头，肆无忌惮地看我。嘴角嘲弄。她在嘲笑你的牌技呢，瞧你打的，小莉这大气的女人推着我手中的牌。

我窘迫不堪，越想掩饰住脸红，脸红得越快。"打得真臭。"我说。而春天此时已前倾起身体，上身都快贴到桌面了。她直勾勾地看着我，就像要将什么东西从我脸上钩挖出来。这时她还伸出腿，用足尖不停点我的膝盖。她得有多放浪啊。

小莉跟着她好奇地看我。

我从牌里随便抽出一张。那足尖从我膝盖上忽然抽回去。几乎不到一秒，她已笔直站起来，将大王甩出来。"管上。"她哈哈大笑。她的乳房还在因身躯的猛然站起而晃荡。

12

第三次。她压抑着愤怒出了门。她被感情上的事打击坏了。下午，她失魂落魄地回来。她在卫生间待了将近一小时。出来后，捉住小莉的手啼哭。

"别难过，男人都那样。"小莉说。

"不是。"她抽抽搭搭地哭起来。

我在卧室坐立不安，也许应该找到一根绳子，从窗户溜出去。我快要呼吸不过来。最终我还是拉开房门。春天抬起头，像被赶出家园的狗那样楚楚可怜地看着我。我被她如今的景象吓得哆嗦：头发剪得凌乱蓬松。眉毛像八字低垂着。眼影已被泪水冲垮，在脸上留下炭色的污痕，就像有人拿着蘸水的抹布在这张脸上来回涂抹墨汁。她噘起的嘴唇画得极为鲜红，完全游离出面孔。她就像站在舞台上束手无策的悲伤小丑。

她看着我。小莉看着她。而我看向地面。

"我好看吗？"她说。

"好看，要多好看有多好看。"小莉抚摸着她的肩膀。我快步走向卫生间。这个美人儿找到原因了：不是别人不爱她，而是她自己不好看。我实在受不了这摇尾乞怜的目光。

13

第二次。据说在触礁前，船员有先见之明，但船还是会撞上去；地震前，鸡和狗也会逃窜，但人们继续生活。还有，事情的可怕并非等量相同，它分为轻微可怕、比较可怕和很可怕。每一次的可怕都会带去一定的适应性，使人麻痹。

我们开始感觉房里的东西在减少。

我问小莉，小莉也问我，不是我们干的。就像有股风趁我们睡觉卷走了它们。我实在想不出有小偷屡次三番翻墙入室的可能性。一天早起，我看见是春天将一只旧手机扔进垃圾袋。我伸出手，但什么话也没说。这东西是属于我，但它对我来说还有用处吗？她低头继续收拾，等下将把塞满的垃圾袋扔进楼下垃圾桶。她有点自作主张，但我为什么要打击她的积极性？

她又不是将正在用的电话拆掉，或者将正在走的墙钟摘下来，她只是像园丁，替这个家庭修剪掉一些不必要的枝蔓。

其实我觉得她有病，但不能这样说。

14

第一次。晚餐。她过来坐下，拿了筷子便放下。"吃呀。"小莉说。她斜过头去，鼻孔出着气。"吃呀。"小莉说。她便撅起筷子，可还是不吃。她盯着我。这时我才知吃饭也是一件私密的事，不应被人长时间看着。她今天状态不对。

"春天你怎么了？"小莉说。

"他用了我的筷子。"她说。

我僵住，看看小莉，小莉也不懂。我继续夹菜。"我说你呢，你用了我的筷子。"她吼道。我和小莉目瞪口呆。我想这是在报复我吗，如果是，那就来得更猛烈些吧。

"对不起，我还给你。"我说。

"算了。"她厌恶地摆摆手。

"你怎么知道这是你的筷子？"小莉说。

"我在上边用刀割了一下，做了记号的。"

"哪里？"

"这里。"

让我奇怪的是，小莉认真看了那割痕，说："没事，我们以后记着。"

"算了,一双筷子。"

春天没有吃,像鬼魂游弋回房间。我和小莉面面相觑,好像不确定她刚刚吼过。我们沉默对坐,只余墙钟喊喊嚓嚓地走,它稳步向前,弄得我们心里懊丧而单调。

"到底怎么了?"我说。

小莉指指她的房间,又指指自己的太阳穴,这里有问题。我摇摇头,站起来,走向卧室。我被这事情给吓坏了,我需要一个人待一会儿。小莉跟着进来。她将我的手拉到她胸脯上,她的心在怦怦狂跳。

"对不起。"她说。

"怎么了?"

"我也不知道会这样。"

"怎么样?"

"我求你一件事。"

"什么事?"

"不要现在赶她走。"

"为什么?"

"你先答应我。"

"我没说要赶她走。"

"我有个妹妹,我自小就和她争,总是争。后来她十三岁死了。"

"跟这有什么关系?"

"我后来争也没用,我妹妹死了。"

"这跟这没有关系。"

"我知道,但是这事惩罚我了,"她哭起来,"这事惩罚我了,你知道吗,陈庆?"

"我知道。"

我抚摸着她的肩膀。不久站起来,走过来走过去。我心里总是在说,我知道,我知道,我他妈的知道。"你别这样,陈庆。"小莉说。

15

这并没意思。我放下报纸,发现她在看我。她已看了好一阵子,像平稳行驶的船只猛然触到礁角,抖了一下。我没办法再读下去。当我起身时,她的眼神跟着上扬。

"看什么?"我说。她慈爱地笑着。"有什么看的?"我说。直到我从阳台折返回来,她才说:"我就是喜欢看你。"接着又说:"你是不是不喜欢这样?"

"没什么。"

"那你抱我。"她张开双手。我没有理睬,走过她。"抱抱我。"她的声音绵软无力起来。我找到鞋刷,敲打着鞋架,就像要选择一双穿出门。"抱我。"她说。

"我们不能这样了。"我说。

她的双手这时与其说是张着,不如说是勉力举着。这很尴尬。但我就应该将自己送过去给她抱吗?我并不爱她。"对不起。"我尽量显得真诚。

"你是爱我的。"她说。

"我不能了。"

"我知道,我只要你抱抱我。"

"不能再这样了。"

她放下手,出了点眼泪。我进卧室躺着,我想我应该说,我们还可以保持亲人般的关系,你是小莉的义妹,也是我的。后来当我拉开房门,发现她站在门口。

"可是我爱你,你知道吗?"她说。

我想退回去将门关上。她继续说:"我不破坏你和小莉的关系,我什么都不要,不要名分你知道吗,我只要你让我爱你就可以了。"

"不是那回事。"我推开她的肩膀,走出来。她一直跟在后头。"你是不是讨厌我了?"她说。

"不是那回事。"

"那是怎么回事?我不要你什么,我只要你让我爱你就可以了。"

"不是这回事。"我声音大起来。

"那是怎么回事?"

我推开她，又走回去，将卧室的门关上。我想这样够明白了。可是接下去的时光，只要小莉不在，她便过来纠缠。"你不爱我吗？"她总这样问，"一点都不爱？"

不是。可是。要怎么说呢。我支支吾吾。说话是困难的事。每一句都要做到不能让她心死，也不能让她看到希望。我真想说：别做梦了。是，我操了你，操了又怎样，操你不代表爱你。何况还没操。我没有插进你的阴道。我插不进就不能算是占有你。我既然没占有你，你凭什么认为我应该对你负责？你去找那些插过你的。你们女人就是这样，将那东西当成了不得的财产，谁插了谁负全责，可我并没有插进去你知道吗？我的鸡鸡没有深入到你里头。

有时她几天不归。她会从电话亭打电话过来。我当着小莉的面气急败坏地问："谁？"

"是我呀。"她总是这样悲哀地回答。

"有什么事？"

那边便陷入令人烦躁的沉默。"谁呀？"小莉问。"没什么。"我跟小莉说，挂掉电话。不一会儿，手机又响了。"你要干吗你到底要干吗？"我吼叫道。那边总是沉默。有时小莉不在，我便能完整听见她的哭泣。她边哭边说："陈庆我跟你说。"接着又哭去了。我不敢轻易挂掉。也许这是她赴死的前奏。我哄着她，有时则大喊大叫："够了够了够了，我真不明白你为什么会喜欢我这样的老男人，我既没几个钱，性能力也不行。"或者:"我这会儿就要死了,我感觉呼吸不过来,啊,我求求你了,我求你别折磨我了。"

我一旦关机,她便跑回来。

"你怎么了?"小莉抚摸着她干枯的头发说。她既不洗脸也不吃饭,眼窝深陷着,将自己糟蹋得不成样子。我想小莉就要明白了。可当我抬眼偷看时,发现春天并没有盯向我,而是对着地面不停吼气。她委屈得不行,眼泪扑簌扑簌地往下掉。"你怎么了?"小莉说。

"没什么。"

"谁欺负你了?"

"没什么。"

她要是借这个机会指桑骂槐骂几句该有多好啊。可她只是不停吼气,说没什么。"真遭孽。"小莉安顿好她,走向我。我点点头。我觉得这一切不真实。真实是什么呢?小莉看着我,瞳仁逐渐扩大。愤怒和恐惧像两支军马从身体各处汇聚而来同时冲到脸上。她看着我,又看看春天——你干出这种事情?这种事你也干得出?你们是不是还要密谋杀了我——她连续后退。直到确信我们已被羞愧笼罩已被羞愧完全统治,她才啼哭出来。她甩门而去,将我们留在这里,然后带着越来越多的人来参观我们。越来越多的警察越来越多的居委会的人越来越多的邻居。或者,她只是踢开我们,将所有没有上锁没有钉住没有粘牢的东西扯下来,在我们眼前逐一摔碎,然后坐在那儿没完没了地哭,然后抽搐发羊癫疯,然后又躺在地上没完没了地哭,然后站起来一头撞向墙壁,然后又拿刀割颈。两根胸锁乳突肌就像两根弦,一割就断了。然后脑袋栽下来。

春天的嘴唇几度开启。从唇形上我甚至能猜出她将要说的字。她毕竟偷了朋友的男人,羞于启齿。我倒是盼望她快点说出来,我实在受不了啦。我要杀人啦。可小莉一走来,她的嘴唇便匆忙闭上。等小莉去了卫生间,她才开始重新咕哝。小莉不像我,她能忍受排气扇的嗡嗡作响,她开着它。春天忽然低声说:

"我还是放不下。"

她他妈的原来是要跟我说话。我怒视着她。坐着的她不停战栗。我还以为自己是待宰羔羊,原来她才是。我有了主宰的感觉。她这会儿想必下定了决心,要忍受一顿责骂,然后等我骂完后再收留她。我沉默不语。卫生间的排气扇在嗡嗡响地工作。她哭起来,说:"一点点都不爱?"她集中了全身最后一点力量,才在眼里燃起这么一点火光。

"是。"我说。

她晕晕沉沉地走向阳台。我瞟着她。她拉开窗户。我跟过去。她双手扒着窗沿。我拉住她的手肘,被她推开。

"不要干傻事。"我说。

她看看我,又看看窗下的地面。她呼吸好几口空气,取下晾衣架上的衣服,走回自己房间,不一会儿背着包走出来,拉开门走了。

几天后，她将我召到护城河边，每隔几分钟便大哭一次。我像石头一样坐在她身边。她不停地讲述，最后讲的是什么我也听不清了。她像收拾起东西一样收拾起眼泪，说："我最后一次问你，你爱不爱我？"

我摇摇头。你等着，她恶狠狠地看着我，毅然决然地说："我死给你看。"

16

我不喜欢她，但还是敲她的门。我按照一二三的节奏敲，一下，间隔；两下，间隔；三下。没有回应。我有点懊丧，走回自己卧室。我并不喜欢她，但是底下在小莉一离家时便膨胀起来。我抚摸它就像抚摸一只趴在地上怄气的小兽。它势必要完成它想完成的事。

她后悔了，或者羞愧得不能自拔。

我听见她走出卧室，趿着拖鞋走向我这里，不禁咽下口水。但她拐向卫生间。她漱口、刷牙、漱口、用水浇脸，还上了一会儿厕所，然后走回自己卧室去了。我的门虚掩着。我不能跳过去推倒她。她将换下睡袍，穿上出行的衣服，出门去。事情就这样完了。我很丧气。不过这样也好。

她折腾了很久。女人总是这样，在出行前拿着两件衣服比来比去。要走快走。我滚到床的另一边，脸朝窗户，窗帘虽然拉严，光明却无限透进来。说起来，人就像毫无主见的动物，被性欲牵着走来走去，一边走一边低头嗅哪里有女人的气息。你倒是快走。当我转回来时，看见她站在床前，双手插在兜内。她赤着脚。我坐起来，拉开她睡袍，傲挺的肚腹和浅弧形的腹股沟白光一闪，被她双手一夹，盖住了。

我们什么话也没说。到处是我的呼吸声。她推开我，先躺下去。她左右扭动着，像是躺好了，起身解掉睡袍，又躺下。我扯掉裤头。可她还是左右扭动着，就像要找到一个合适的躺法。我躬着身躯，盯着我的下面和她的下面。不，不要这样，她用手捧住我腮部，将我的脑袋捉下去。她用舌头顶开我的唇齿，在我口腔里搅和着。她虽然刷过牙，嘴里还是飘着营养不良者才有的酸臭味道。我几度要中止，被她搂紧。我睁开眼。哼。她的脸鼓了起来，起起伏伏，紧闭的眼皮也微微发颤，她正像头蠢猪那样忘我而陶醉地吃着我的唾液。

"我们聊会儿天吧。"她说。

"事后聊。"

"我们先聊一会儿嘛。"

她让我躺在旁边，拉着我的手。她身上冒着干燥的热气。我让她的手搭在我下身。我们貌似两小无猜，躺了一会儿。她转过脸来说："你真的爱我吗？"我还没说话，她又说："你说真话。"

"是。"我说。

我的手在她身上游走。她出了眼泪。她一出眼泪我就知道坏事了。天下没有免费的午餐和女人。"好。"她噙着眼泪，咬紧牙齿，极大地摊开身躯，像超然于世的受刑者任人收割。她就这样干燥地躺着，我怎么也弄不进去。"对不起。"她说，眼睛一闭，又溢出一团泪水来。那玩意儿顶了几次开始痛。那一堆因为干燥而根根分明的干草，盖着一道拒人千里的石缝儿。我想就是有人刺进去过，也会硌出血来。我扑在她身上，就像扑在硌人的柴火上。

"世上根本没有强奸这回事。"我说。

"对不起。"

"只要女人不配合，男人不可能插进去。"

"对不起，我也不想这样，"她哭起来，"我以为这次行的。"

"你行过吗？"

我爬下床，穿起裤衩。她过来抓我的手，被我甩开。我穿好睡衣睡裤。不论这是客观原因还是主观原因，我都得惩罚她。她悲哀地躺着。她没有水。她无能为力。这个男人毫不掩饰他的懊恼、愤怒与嫌弃。她瑟瑟发抖，身上每处都保持着要抱住我的姿态，可是我要毫不留情地走掉。我最后盯了她一次。她低下头，躲藏在愧疚的海洋里。可当我转身时，她跌跌撞撞冲下来，心急火燎地扒下我的裤子和裤衩，含住那玩意儿。

这样就爽很多。我闭上眼。很快轮到我没用了——大概十下，或者十几下。我本想抓紧她的头让她停止吞吸，但有一半已冲出来，我只能摇着她的头让她吞吸得更快些。"开始纠缠得太久了。"我说。她抬头看我，将嘴角的那一点也舔进去。"开始勃起得太久了，现在一击即溃。"我说。她找到纸帮我细心擦了。我站着，被铺天盖地的空虚感笼罩。什么都没意思，让人厌烦。我看着她捏着粘着精液的纸团帮我拉上裤头和裤子，看着她收拾床铺，将它叠得和原来一样。我由着她干这些。直到房门传来插钥匙的声音。我从这莫名其妙而又根深蒂固的空虚中醒来，双腿发抖。钥匙一共要转两圈。我们家两间卧室间隔有四五米，春天像一只光溜溜的兔子，提着睡衣蹦回自己卧室，手里捏着那粘着精液的纸团。小莉打开门惯性地对着墙镜看自己，左侧一下，右侧一下，仰起头，拨下鼻尖的灰尘。她踩下鞋子，趿上拖鞋。春天将门虚掩好。

我站着。小莉走过来后，我才坐下来。如果小莉聪明点，就可以将一些反常的响动、举动与偷情联系起来，这是女人天生的本领。

"我有点发热。"我面红耳赤、有气无力地说。小莉摸我的额头，又摸摸自己的。一样的温度，她摸出不同来。她说："是啊，你瞧你，连这点都照顾不好自己。"她皱着眉去倒热水。水哗哗地落向杯底，她仰起头，脑子有空来想一想有什么不对劲的地方。但什么也没想到。她看着杯子接满了，端着走过来。春天的房门悄然关上。实际上直到小莉再度出门时，她连春天是不是在家都不知道。我看着小莉找到那张单子匆匆出门，想到春天恬不知耻的声音。春天一边舔着我射过精的玩意儿，一边说："可是我觉得，我怎么就这么喜欢你呢。"

这真没意思。

17

"好吧。"她关上门，对不起。我还没弄懂这是怎么回事，就让事情结束了。我的灵魂空荡荡，像被狂风刮得干净，连赖以站立的地皮都开始瓦解。我随着失重的土层掉向无底深渊。我的阳具插进她的身体，一想到此，我便空虚起来。所有的事都没这一件来得急切和必要，为了它我什么都可以舍弃。我很久没和小莉行房，硬不起来，我们差不多忘了这事。可现在就是想一想，全身便虚脱了。我就要撩开美人儿的短裙，插进她的身体。她的双膝挺起、颤栗，腿部泛着乳和的光，腹部与胸部微微起伏。她会顿时蜷缩，像被虫子蜇了一下那样哼叫出声。

但我推开了她。

我陷进永别的遗憾。我看到垂死的我在看现在的我，他耿耿于怀这个夜晚。这个机会难得又被没必要的礼节和道德弄得一事无成的夜晚，像钢钎，洞穿我们一生的心脏。垂死的我有着孩童的倔强，泪花翻滚，不停呻吟。而我在床前向他解释，这是不能碰的毒汁，这一晌之欢揭开的是背叛、分裂、杀戮还有万劫不复。可这样的振振有词，只是为着掩盖我现在的胆怯。我现在想的他妈的只是如何插进她身体而不是其他。

我阔步走向她的房间。手指触到门时，又谨慎起来。这倒不是因为要打退堂鼓。门比平时响得厉害，吱吱呀呀的。她面朝着窗侧躺，向烟灰缸弹着烟灰。她没有转过身来。

"你饿吗？"我说。她摆摆手。"我有点饿。"我接着说。

这和我想象的不太一样。她继续弹着烟灰。我以为我们能很快抱在一起互相撕扯对方的衣服呢。"是不是身体不舒服？"我说。我快站不住了。我授权自己坐在席梦思一角。我感觉把它坐塌了。"别喝那么多。"我说。

"没事。"她的话都是醉的。

"没事就好。"

她没说话，也许正犯着困。

"以后少喝点。"我继续说。我想我的意思很明显了。而她让我难堪。我站起来。"给我倒点开水好吗？"这时她说。虽然最后两个字让人听得不舒服，但我还是将这件事当成是最愉快的任务。

我倒了一半热水一半凉水。水哗哗地往下流，那玩意儿硬到极点。我等它软下来一点，才走回去。我的心脏从没像现在这样跳得猛烈。

"谢谢。"她说。她将毯子扯起来，盖住光溜溜的大腿。

"最近生意还好吗？"我说，又坐在席梦思角上。

"就是那样。"

"我看你也不怎么上班。"

我上班不上班关你什么事,她没说话。我接着说:"别太累。"她坐起来端水喝,喝了一半,又躺下去。"谢谢你。"她说。

"别客气。"

"你知道吗?有句话是这么说的,在错误的时间遇见对的人,或者,在对的时间遇见错误的人。"她说。

"我知道。"

"也许可以这样说,错的人遇见错的人,或者,对的人遇见对的人。但是,对的人遇见对的人时,时机又过去了。"

"我知道。"

"你知道什么?"她坐起来。她的脸色你判断不出来是对你有兴趣还是没兴趣。"我知道。"我说,隔着毯子捉住她的腿。它试图抽回去。我捉紧了。它不怎么挣扎。

"别这样。"她说。

我朝她爬过去。她俯视着我,我想我是条狗。"不要这样。"她继续说。我摸到她的胸脯,我的手本来就大,却盖不住她的胸。它真是个好东西——弹力十足的气球。"不好,"她拨开我的手,"不要这样。"

"我偏要。"

"我现在兴致不高了。"

"很快会高的。"

我扒她的 T 恤。她可以扯住它,但头部却扭动着配合我将它扒出来。"对不起,我兴致不高。"她说得很诚恳。我扑在她身上,吮吸着她。我快控制不住了。差不多时,我扒下她的裙子和内裤。那里和别的女人没什么不同,但当时我眼直了。我直勾勾看着,直到她的膝盖弓起来大腿也并拢起来。它冒着干净的热气。就像酒醉带来的燥热从这里蒸发出来。我分开她的双腿。"对不起。"后来她只会说这个了。我知道她为什么说这个。她下边干得发烫,即使所有的水都泼上去即使每隔一秒钟泼一次,它也会迅速干掉。这里就是他妈的拒人千里的火炉,就是万无一失的贞操锁。

"对不起。"她说。

"你确实对我没兴趣。"我说。

"不是这样。"

"那是怎样?"

"是我很少会有这种好事。"

"为什么?"

"我不知道,只是害怕。"

"别怕。"

"我不怕,是它自己怕。我恨死它了。"

"别怕,会好的,你要放开。"

"我知道,对不起。"

我的兴致差起来。我算是偷了情，却什么也没偷到。我试图让她叼着它。她痛苦地来回摇头，我便放弃了。我要走时，她又说："也许我们可以去浴缸里。"

"家里哪里有浴缸？"

我们还是去了卫生间。我打开莲蓬头，冲洗她，给她胡乱涂抹一些沐浴液，给自己也涂了一些。她借着酒醉哭了。我说别哭了，将她推到墙上。我高出不少，不知道该怎么进入。我不能将她推倒在地。我努力了十几次也没找到窍门，我害怕我们两个摔死了。

"别哭了。"

我吼起来。她果然不哭，捉住我的东西往里塞。她捉了几次，眼看大事将成，我像重病一般叹息一声。那玩意儿跳了几下，涌出稠液来。它就像脓水沿着马口溢出来。我低下头。我们活像两个挫败而又可以互相指责的人。我充满恼恨。"我跟别人可以一个小时的。"我说。

"对不起。"

她抱住我。我们像两条鱼滑来滑去，但她还是努力抱紧我。"对不起。"她说。我不知道为什么同样是羞耻，她的来得还要更强烈些。她可以说，"真没用啊"，或者就只是叹息一下，我便会溃败。但她只是责怪自己。嗯。我开始表现得不耐烦，我试图挣开她的双臂。在没射精之前，全世界都是你诱人的胴体以及由这胴体散发出的光圈，但刚一射掉，你便是个惹人烦的女人。什么都没意思,没意思到顶,你让我扫兴死了。

后来在沙发上,她拉我的手,我的手却总是抽出来。她捉回去几次,不再捉了,叹息起来。她老了。虽然她只有二十岁。虽然有的女人要到二十三四岁才像花儿一样绽放,她却已经凋零枯萎了。在不久前她还是新鲜水嫩的豆腐,现在却像隔夜多天,又干又硬。她的毛孔干涩,脑后白发丛生。当水柱冲向她时,我俯视她脚趾过长、大腿粗短、腹部已然隆起,像是悬挂的沙袋,不久将因重力而使底部肥厚。她的乳晕发黑。她的肉身自有一种欲望。这并非性欲,而是那些器官、肌体试图挣脱心灵的约束,恣意地松弛起来。它们之间过于紧张的关系使她又干又硬。

她的臀部肥大松软。这就是被我无限想象的女神啊。她离开我,去房间里接听手机,她对里边说:"我没回来住,我在看店。"她出来时,衣服已穿好。

"你要吃点东西吗?"她说。

"嗯。"

"那我们出去吃?"

"嗯。"

"我帮你买回来?"

"嗯。"

"家里还有水饺吧?我做水饺给你吃吧。"

"嗯。"

"你说话啊。"

"嗯，"我说，"我不怎么饿。"

18

直到吃晚饭，她才被小莉拉出来，我宁愿饿着，我住了你们的，还要吃你们的。她坐下，拿起筷子，筷尖朝向自己。我说吃菜，她才去夹盘边的菜叶。"来，吃肉，多吃点。"小莉大声招呼，她却是连菜叶也不敢夹了。最终我们帮她夹了一大堆。

她精神紧张，生怕漏掉任何的问话。可无论我们问的是十几个字几十个字一句话还是几句话，她都只嗯一下，就像海绵，用近乎冷漠的忐忑吞吸你任何的好意。我开始变得不愿说话，也不愿看电视。每当我走到客厅，她都站起来，将遥控器轻放于茶几，走回房。偶尔她来不及站，便缩着身躯，使自己坐得更小。当我走掉，她也不会换掉我刚看过的频道，就是我一小时不回来，她也不换。我像是住在宾馆。举止端庄，气氛刻板，不可能再半裸着自由走动，或将腿架在茶几上一边看电视一边睡觉。地上连一颗茶叶末也没有，春天将这里反复打扫。盥洗池擦拭得像光亮的银器。

"我还是应该交点伙食费。"一次，她这样说。

"你也太见外了吧。"小莉说。

"你看我总是吃。"

"你跟我生分什么？"

小莉有时去她房间，和她聊会儿天。"她偶尔抽烟，有时写点日记。"小莉说。她们也失去了原来在校园的感觉，那用粗野义气建立起的关系如今变得冰冷而客套。在台灯下，放着鞋面龟裂但被擦拭干净的松糕鞋。春天说这可能是她唯一的家产。

有一天，这个勤快的人在拼命拖一块粘了油渍的地面时，不小心碰及酒杯。这是小莉精挑细选买回的几只玻璃酒杯之一。我将它放在茶几上，准备回过邮件就去喝。现在它一把栽向地面。春天扔掉拖把，反身跪下，试图接住。她动作如此迅捷，却还是没挡住它摔碎。

"你没事吧？"我说。

"对不起。"

"我是问你人有没有事。"我望着她膝盖之下的玻璃碎渣。

"没事，对不起。"

她站起来，眼神里有东西汩汩而出，但她还是低头压制住这情感。她感激于这只有亲人才有的宽宏大量，但她很快劝自己相信这只是奢望，这不过是男主人遥远的同情或者男人们本该有的大气。有几天她更加不敢看我。现在想来这可能又是她新一轮爱情的开端，因为过了些时日她便蠢蠢欲动，过来测试这种关系是否存在。比如开始化点妆，今日涂抹口红，明日吊颗耳环，后日又改换发型。另外，在沉闷而惯穿的商场制服之内，会不时穿一件艳丽的衬衣，或者低胸 T 恤。有时则蹬红高跟鞋。每天都会有一样代表着春心荡漾的东西在她身上显现出来，就像一个同性恋男子，只要走在街上，便能让人们从他再正常不过的衣着和举止里发现出某点端倪来。而这端倪正是他想暗示给心上人的。

她生了场病。

她以为会招来同情，却不知这只会增加我的厌烦。嗯唵、嗯唵、嗯唵。她谨慎地呻吟着，节奏缓慢，像是在召唤我。我不为所动。小莉回来后，她为了证明这不是表演，愈加疯狂地哼唧起来。到最后我都怀疑她是不是真得了重病。

"你怎么了？"我们问。

"我快要死了，"她悲啼着，眼泪朝外滚，"你看，都没什么血色。"

"喝点热水吧，我这就去倒。"我说。

"嗯唵，我快死了。"

"那要不要送你去医院？"小莉说。

她摇摇头，自顾流泪去了。我们离开时她重新哼叫起来。她可能在歌唱自己无尽的孤独，我想。房间里像是有条永恒的溪流，流过橱柜、电视、纸盒子以及一切凹凸不平的物质，塞满整个空间，使我们烦躁到几乎要自杀或者杀人。这像村夫一样含糊不清虚张声势技艺粗鄙的声音迫使我和小莉先后离开自己家。

她过生日那天，不知从哪里弄来一笔钱，买了威士忌、五粮液、北京烤鸭以及许多奢华到只有上流社会才吃的食物。我请了你们而不总是作为虫子寄生于此,她脸上闪耀着尊严的光芒。她邀请我们浪饮。我们本不善饮,一会儿便醉态百出,第一次表现得像是一家三口。她屈膝挪过来,骑坐于我的大腿上。小莉只是愣了一下,也爬过来,跟着一起用食指托起我的下颚。

"我应该叫你什么好呢?"春天说。

"姐夫。"小莉说。

"那好,姐夫我问你一个问题,我和小莉一起做你老婆好吗?小莉你同意吗?"

"同意,一万个同意。"小莉说。

"你看小莉都同意了,姐夫你说句话。"

她骑着双腿往我身上靠,我挣扎个不停。她饮了一大口爬下来。她都走开了,忽然转过身来。她顿了一会儿,指指我硬起的裆部,像螺旋桨一样加速狂笑。然后她上气不接下气地说一件旧事。小莉想必听过,却还是撺掇她讲。她花了很大力气才算克制住自己,说:"他说,他很久没做了,希望我能原谅;我说,我原谅;他说,你原谅就好;我开始脱衣服;他想制止;我说,你怎么了;他说,你已经原谅我了,我确实是很久没做了;我说,没事;我脱完让他脱;他悲哀地指着自己下面,那里湿湿一团,已经射过了。"一说完,她就撕心裂肺地笑起来。小莉不小心将嘴中的酒喷出来,点燃了我们新一轮的狂笑。我们身上就像绑满炸药,只要谁伸手一指,说"我请求你原谅我"，我们便此起彼伏地笑起来。到这时我才知道笑是恐怖的事，我们的影子在墙上晃荡，每个器官都在震颤，我们挣脱不开笑的苦刑，就快要死在这笑里了。然后我率先戛然而止，小莉跟着停下，只有春天还在作出努力。我感到厌恶。这压根就没什么好笑的。她尴尬的笑声最后像几颗爆竹还在原野孤单地炸响。

两天后，小莉回去看生病的娘，春天在暮色降临之时醉醺醺地归来。这时的她和以前比判若两人，她踩着高跟鞋，穿着低胸T恤、红色超短裙，像是风暴中的树摇曳着摇回家。在乳和的灯光照射下，她涂着浓烈口红的嘴唇微微张开，喷着动物一样的气息。当我从卫生间走出来，她伸出手捞向我两腿之间。我停下来。她将手贴在我的大腿内侧，慢慢往上移动。我的阳具硬得像一根钢棍。我双腿发抖，心里发虚，在她的舌尖就要舔到我耳根时，推开她。

"不要这样。"我说。

她不太相信，继续恬不知耻地过来抓。我捉住那手，说："够了，我说够了。"她又羞又怒。为了让她明白我不会告诉小莉，我说："没事，这没什么，这很正常，喝多了都这样。"

我走回自己房间，听到她说："好吧。"

19

她拖动皮箱，自楼梯上来。她没坐电梯。滑轮触碰台阶，发出难听的摩擦声。在到达家门前时她停下脚步，我不确定是不是这里。门后贴着我的创作计划，已完成的用红笔抹掉，正在进行的用蓝笔标注进度。小莉在它周围贴上各种画着表情的纸条，我爱庆庆、庆庆加油之类。我大小莉十五岁。春天站在门前，开始拨打小莉的电话。

"我想接我同学过来住段时间。"

上周，小莉这样说。我感到不快，小莉搂着我不停地撒娇。现在客人来了。小莉打开门，爆发出鸟叫那样的欢呼。但此人毋宁说已不是她的同学，或者说已被时光折磨得让小莉认不出来了。她灰头土脸，表情悲戚，摆着看起来是讨好的僵笑。她朝我鞠躬，不听劝阻，脱鞋走进我们家。她不确定自己会被允许待多久。在躬身时，她的两只乳房像是朝下跳了一下。作为男主人，我走到门边，将她的行李提进来。

20

护城河缓慢地流淌。也许是我觉得水在流，便会有哗哗的响动。其实一片静寂，风吹出水面的波纹。白天，它是土黄色的，泛着白沫，飘荡着沿途居民抛弃的剩饭剩菜、死猫死狗。现在是夜晚，河面漆黑，但总有一处波纹闪耀着路灯的反光。白沫还是能看见。明早或者明天凌晨就要下一场大雨。

这里只剩我和她。

我们面对着深井一般的远处,一言不发。我一次次举起酒瓶,她有样学样,跟着喝。我的一生毁于那个完全没必要的电话。我只拨打一次,当时她在忙别的事儿,旁边还站着一个吃醋的男人。但后来她对我说:"这世上只有你还会来过问我,你在电话里说,对,就这事,专门问问。"

"我没法通过和别人在一起来摆脱对你的爱你知道吗?"她强调道。我因为深陷于这可怕的事实而全身麻木,在电话里说着一些无济于事的话。"没用的,我根本没办法摆脱对你的爱。"她说。我说:"早点睡吧,时间不早了。"也许她一觉醒来便冷静了。

第二天她从电话亭打来上百个电话。"够了,我说你他妈的够了。"我甩动手臂,就像那里真的粘着什么动物。我差点踩扁手机,但还是捡起来,重新装好。我既害怕听到它的声音,又不得不依靠这频繁响起的声音告诉自己:至少她现在还活着。"你到底要干吗?"我说。她没完没了地哭。我挂掉电话后她会重新拨过来。她疯了。后来我以其人之道还治其人之身,不停反拨,她一接通我便挂掉,直到她不再接了。我想她有可能去死。"好吧。"我对自己说。

一小时后,她换了一间电话亭打来,说:"我只是好怀念你对我的好。"

"我不想对你好。"

"我知道,我没资格让你这样。"

"对不起。"

她沉默很久才说:"没事。"就像小偷顺着脆弱的绳子从楼上慢慢溜下来,我快安全着陆了。我说:"答应我,好好生活。"她让我听了一会儿心如死灰的呼吸,说:"我会好好的,谢谢你。"

电话挂上后,我被汹涌而至的愧疚淹没。这可能是世上最珍贵最不容亵渎的感情了,这感情泛着原谅、宽容甚至是同病相怜的光芒。但不久她又打过来,说:"我还是想见你。"

"我们已经分干净了。"

"只见这一次,最后一次。"

"你有完没完?"

"只见一次还不行吗?分手后连见次面也不行吗?"

"不行。"

"我求你了。"

"我也求你。"

我挂断电话。我们重复了上一番气急败坏的游戏。最终我说:"好,七点护城河见。"她既不欢欣鼓舞,也不垂头丧气,只是冷漠地说好。她只是一定要达成此事。我给小莉留下纸条:我打牌去了,勿念。我爱你。我在途中买了一打百威啤酒和一瓶敌敌畏。我这就将我的尸体带去送给你。我走得飞快。

她早到了。她试图站起来,看到我气冲冲的嘴脸还是坐回去了。她头发凌乱,神情苦涩,脸上布满泪痕,试图摸我的手，被我掸开。我说:"这是啤酒懂吗？敌敌畏，懂吗？"她惊惧地点头。我说:"你不是叫我来吗？我来了，找我什么事？"她低下头。"什么事？"我吼道。她伸出双手，可怜巴巴地看着我。"抱抱我。"她说。我嫌憎地转过身去。她翻出一个纸团，说:"你知道这是什么吗？"我瞟了一眼。"这是你的精液。"她说。它们如今一定又硬又黄。

"拿到公安局去告我强奸吧。"我说。

"不是这个意思。"

"那拿给小莉看吧。"

"也不是。"

"那你要干吗？"

"我们合二为一过。"

"你这样的伎俩让人恶心，"我站起来，"还有别的事么？"

"我想来想去，我还是爱你。"

我就知道会这样。我摇晃着敌敌畏，说:"我这就去死。"她拼命摇头，我不是要你这样，我只是要你爱我。"我死给你看。"我说。她跌跌撞撞爬过来，抱住我双腿，我怎么拔也拔不出来。她的眼泪糊了我一裤子。我想这时天上有人，一定能慈悲地看到我孤苦上视的目光，一定能看见我被箍死在大地的双腿。"你别喝。"她啼哭着说。我拖着她走到椅边，将敌敌畏放下去，拿起一瓶啤酒，咬开瓶盖。

"你的酒量是几瓶？"我阴阳怪气地问。

"五瓶。"

"好，"总共十二瓶，我将多余的两瓶抛到河里，"你五瓶，我五瓶。"

"好。"

"一醉解千愁。"

"好。"

"那你坐下来，我们喝。"

各自喝到第四瓶时，我将剩余两瓶的瓶盖也咬开。"这是最后一瓶。"我将它们各倒了一半，又倒进去敌敌畏。那恶心的味道飘到我鼻孔。我酸楚起来，说："只有这法子了。"

"什么法子？"

"不求同年同月同日生，但求同年同月同日死。"

她只是惊愕了一会儿。

"我没办法和你在一起，只能下去，"我晃荡着眼泪和鼻涕，"我没办法，春天，你知道吗？"

她强颜欢笑。或许是耻笑自己，或许是苦笑这命运，亦有可能要装着为有这样一个多少还算说得过去的结果而开心。她抓起第四瓶酒狂饮。"死就是那样，就是一下子，"我喝得稳重多了，"可能有点痛苦，但也就三四秒的事情。"

"就像被打了一拳，我们晕过去，晕过去就不再醒来。"我接着说。

"对不起。"我继续说。

"对不起什么?"她总算回答了。

"我不能在阳间照顾到你。"

"我不怪你。"

"到下边去,我对你好一点。"

"嗯。我会对你十倍的好。"

"我厌恶这世界。"

"我也是。"

"可以我一个人去。"

"我一个人去吧。"她的眼泪再也控制不住。

"我们一起,"我说,"你过来,让我抱抱你。"

我张开双手,她摸索过来,跨坐在我身上。我们紧紧抱着。她的身体一直抽搐。我不时抓起酒瓶喝一口,她也这样。我泪流满面,说:"我并不爱你,但对你怀有亲情。我下去再好好照顾你,好不好?"她哭出声音来。我说:"别哭。"

"嗯。"她庄重地说。

"喝完这瓶,我们就走。"

"嗯。"

"你先来。"

"嗯。"

"你先走。"

"嗯。"

"我随后就来。"

她可是将我抱了又抱，吻了又吻。我摇头晃脑，看起来悲不自胜，对社会充满了恨。她喝光第四瓶，抓起第五瓶。这啤酒瓶子和敌敌畏的颜色是一样的琥珀色。她喝了一小口便弯下身子呕吐，但她还是再喝了两大口，确定再喝进去一些。我也举起第五瓶。她看看我，抱着头，跌跌撞撞走开，几次要跌倒。不一会儿便口吐白沫，眼也像失明了，伸出双手摸索。我放下酒瓶。她晃到河边，颤巍巍地站在防洪墙护沿上。她曾转头看着一棵树，也许她觉得那是我。最终她哀鸣一声，栽进冰冷的河里。

我望着道路、斜坡和远处的小区，我家灯火已明。她沉到水底了。我还以为需要将她推下去，但她自己跳进去了。我将属于我的第五瓶以及我喝过的所有空瓶子都找出来，一一丢进水里，然后背脊发凉地坐在长椅上。她沉到水底了。河面漆黑，远方如深井，世界寂静，就像个口袋。她沉到水底了。后来我听见一阵微小的拍打声，就像从遥遥处传来一阵上木梯的脚步声。我跳了起来，跑过去，看见春天的双手够到防洪墙的水泥护沿，不停颤抖。她身上挂满水草和污物，往下滴着水，她连抬头的力气都没有，呼吸粗重地喷出来。因为疼痛，她交换使用着双手。我准备一脚踩向那猛烈颤抖的手，最终停在半空。何必多此一举。不久，她果然支撑不住，又掉进河里。

巴 赫

第一部分

1

很多人的第一份工作就是他的最后一份工作,有时甚至也是整个家族的最后一份工作。这符合中国人平稳的饭碗观。为了这个平稳,巴礼柯的父亲从楼顶上跳下来,巴礼柯在追悼会上被通知可以从遥远的乡下回来,顶职当一名老师。

——你知道楚辞吗?

——那你对函数了解多少?

——会不会外语?

——草履虫呢?

这些问题巴礼柯一个也回答不出来，于是教育部门的领导说：那好吧，你去教体育。

那是一九七五年，黑人阿瑟·阿什战胜白人吉米·康纳斯，夺取温布尔登网球赛男单冠军，钱锺书完成《管锥篇》初稿，而米哈伊尔·谢尔盖耶维奇·戈尔巴乔夫正坐在苏共中央委员的位置上，向权力核心慢慢进军。

巴礼柯二十九岁，他吹响哨子，让孩子们在煤渣跑道上冲刺。他还不会捏计时表，随便报了个成绩。他想，世界只有一个指标，因为他占有了，另外的某个人必须继续待在乡村，说着无用的普通话。

2

一九九一年，苏联最高苏维埃主席团主席戈尔巴乔夫宣布辞职，苏联画上句号；一九九三年，阿瑟·阿什因艾滋病去世，年仅四十九岁；一九九八年，钱锺书去世，享年八十八岁。

巴礼柯仍然是城市里一所小学的体育老师。他准时到达学校，给自己倒一壶茶，提着茶到田径场，向学生传授蹲踞式起跑姿势。然后准时离开学校。在家里，他有一位行动不便的母亲，他给她做饭，洗衣，读报纸，把她扶到卫生间。

这样的事情有时也由女人来做。女人做饭，洗衣，读报纸，把他的母亲扶到卫生间。他在公园第一次见到女人时，闻到一股雪花膏的味道。后来在新婚之夜，他也曾看见温热的粉红色贴身裤。但是他们最终没有生育孩子。

结婚十年后，女人提出离婚，他想了下同意了。他要将不多的家产推让给她，她也要将它们推让给他。他们去民政局办理手续，又一起走回家里，继续生活。像一个老掉的哥哥和一个老掉的妹妹那样生活。

3

巴礼柯不抽烟，不喝酒，不打牌，甚至不看电视。他只在每周六清晨五时离开家里，坐上第一班二一六路公交车，来到青山山脚，然后往上爬。傍晚时他走下山，赶上最后一班二一六路公交车，回到家里。到家的时间是晚上八点，电饭煲的饭正好煮熟，碗筷也摆好了。他洗完手坐下来，给母亲夹菜，然后自己扒几口饭吃。女人坐在一边。灯泡一动不动吊在他们脑袋中间。

——山上怎样了？

女人问他。

——挂果了（或者还没有）。

他这样回答。有时候他想说，当他走过一道索桥后，即使是走在坚硬的青石板上，也能感觉到整个地面在晃，就像地震发生。或者，当他穿越阴暗的密林走到出口，刺目的阳光一下照来，使他眩晕。他没说，他说，挂果了（或者还没有）。

——我喜欢吃这些东西。

女人说。

吃完饭，完成洗碗、洗澡和读报的工序，巴礼柯早早睡着。他家里的灯关掉。接着，街道上五六十户的灯关掉。最后，世上所有的灯关掉。黑暗像是通往死亡的平稳产道。

4

二〇〇七年十一月三日清晨五点，六十一岁的巴礼柯像以往每个周六一样，离开家里。当时他穿着黑色的田径裤和T恤，肩背一只包。包里放着饭团、茶壶、电筒、柴刀、信纸、笔和御寒用的外套。女人侧过身继续她的睡眠。她将在一小时后起床，去买菜，再回来洗菜，然后做简单的早餐，服侍巴礼柯的母亲吃。

——记得带点野山楂回来。

头天晚上她这样和巴礼柯交代。

巴礼柯握着手机登上二一六路公交车。车窗灰蒙蒙的，椅子冰冷，售票员缩紧身体，牙齿不停打战。她问：你就穿这么多啊。

——我习惯了。

巴礼柯像是年轻人回应领导的关怀，含笑回答。售票员看看巴礼柯，他脸色红润，皮肤白皙，肱二头肌和胸肌在T恤下隆起。他腹部平整。她见过他多次，每次都要啧啧称赞一次。巴礼柯腰背挺直，坐在那儿。黑暗像分子一颗颗消散开，逐渐来到的光明穿过一棵又一棵梧桐树，洒向沥青路面。

5

晚上八点，电饭煲的温控开关自动断开，女人端出做好的菜肴，把巴礼柯的母亲从床上扶下来。门锁着，没有听见楼梯间有脚步声。

——礼柯还没回吗？

巴礼柯的母亲问。

——是呀，还没回。

女人看了眼墙上的钟，过去了一分钟。

——总会回来的。

女人说，然后给巴礼柯的母亲夹菜。老太太挽起袖子，在手腕上戳了一下。干皱的皮肤上留下一个小坑。

——你看，它恢复不了原形。

——吃吧。

——你看，它恢复不了原形，我老得不行了。

——吃吧。

吃完饭女人将巴礼柯母亲扶到卫生间，又扶回床上。巴礼柯的母亲说：几点了？

——九点了。

——礼柯怎么还没回啊？

——是啊,怎么还没回。我打个电话去。

打完电话回来,女人说:电话关机。兴许没电,兴许车抛锚了,或者没赶上车。

——他跟山脚的人熟吗?

——他熟。

——熟就有得住了。

女人洗好碗,回房做了一会儿针线,推窗去看,发现天上有一些星星。她想,理应是他担心她们,而不是她们担心他。她打了一个极满的哈欠,上床去睡。

6

十一月四日清晨六点,女人准时醒来,发现身边空荡荡的。打开卧房的门,看见客厅里也没有人回来的痕迹。打开房门,发现楼梯也是空荡荡的。打电话,关机。女人刷牙,洗脸,在脸上抹大宝 SOD 蜜,然后手挎菜篮稳重地出门。她共计从八万元存款里支出二十四元,用于购买猪肉、青菜、莲藕和鸡蛋。回来时,房内仍无巴礼柯的动静。她去淘米,煮粥,调制腌菜。等到粥香飘出,已到七点半。

巴礼柯的母亲叫唤着,她走过去。

——礼柯回来了吗?

——还没。

——这人怎么回事啊？

——估计过半小时就该回来了。

两个女人开始边吃边等，光线透过玻璃窗射入，室内温暖起来。巴礼柯的母亲焦躁不安，骂道：他回来我一定打断他狗腿，我说真的，一定打断他的狗腿。女人没搭理，碗也不洗，靠在沙发上打毛线，一针一针地打。墙上的挂钟，秒针一格一格地走。巴礼柯母亲咕哝几句，在床上静静躺下。

钟敲响十下时，女人追着再打几针，手却没有力量。起身时腿也没力了。她找到电话机，频繁拨打他手机。还是关机。女人来到巴礼柯母亲房间，发现后者在偷偷流泪。女人伸手过去，她就抓住她的手，好像巴礼柯藏在她手心一样。

——我儿，你快回来呀。

——我去报警。

女人近乎生气地说。女人走出门时，碰见邻居，请后者帮忙到家里照应一下。女人走到街上，两腿生风，步子迈得一下比一下有力。可一到派出所，她就瘫软了。警察几次扶都没扶起来。

——怎么了你？

——我男人失踪了。

7

女人回家时，两条腿又有力地迈起来。上楼梯时甚至小跑。推开门后,她看见巴礼柯的母亲在那里哭得一塌糊涂。邻居说:没事的,啊,没事,就是天上只有一颗星星,巴老师也能辨认出回家的方向。女人看看墙上的钟,是中午十二点,各种可能一齐涌到她脑海。

——被狼吃了;

——摔悬崖下死了;

——被山上坠下的石块砸死;

——掉进猎户的陷阱流血过多死了;

——冻死了;

——被逃犯打劫杀死;

——从山上失足滚下撞树而亡;

——自杀了。

他不可能自杀,他有娘,本来退休了,又被学校返聘,算是有班上。她去翻床头柜,共计翻出六本存折,四张银行卡,一个也没少。

她走回到客厅时,巴礼柯母亲中断的哭声,又恢复起来。她恼恨地说:别哭了,有什么好哭的。然后拨打派出所电话。派出所说已和青山村委会联系,未发现巴礼柯下山,我们还在进一步追查。女人放下电话,也不知道该如何面对当下。她拍打着沙发扶手,好像是用架子鼓起音一样,拍了几下,也投身于哭泣的河流。邻居看不过来两女人,出门寻找支援。不一会儿众街坊挤进小屋(包括一个搂着皮球的小孩)。他们焦灼地看着这两个哭得东倒西歪的女人,想象着那走失的六十一岁的孩子。中间有一人劝慰良久,忽然一打脑袋,嘿,咱不是还认识户外救援的吗。他回家找来电话本,找出救援队电话。

——这个比派出所有效。

他说。

第二部分

8

华莱士不是他真名,自从看了一张叫《勇敢的心》的碟,他的真名就消失了。

每个城市都有一些神秘的人自愿聚拢在一起,比如养鸽子的,唱摇滚的,搞户外搜救的。他们有自己的番号、语言和尊严,做着可能是堂吉诃德的事情。他们没有办公室,但瞧不起挂牌子的单位和穿制服的人。

华莱士是都兰户外搜救队的队长。十一月四日晚他看了好几遍地图,在上面画了几个圈。然后脱下西服、领带、衬衣、皮带和鳄鱼皮鞋，裸身走到镜子前，给脸颊涂抹上印第安人才有的油彩。然后穿上迷彩服和行军皮鞋，戴墨镜及美国军人的贝雷帽。他摆弄帽子，使帽沿一侧恰好露出一丛白色的板寸。他就这样戴着军帽、穿着皮鞋钻进被窝睡觉。

十一月五日清晨五时，闹钟没响，华莱士就一跃而起。他将行军包扔进拆卸过消音器的吉普车，驾驶它上了街道、水泥路和沥青路，朝着黑暗中的青山村前进。在那儿，他抽掉将近半包烟，十六名队友才陆续抵达。

初升的太阳显得微弱。他对了下表，将头向右上方微微仰起。然后说：目标，一名叫巴礼柯的老师，穿黑色T恤、黑色田径裤，身高一米八，体重八十公斤，国字脸，眉毛中间留有一道疤痕；范围，青山副峰和尚岭；战术，兵分四路，围攻上山。出发。

和尚岭海拔八百六十三米。电信方面利用手机定位技术，证实十一月三日上午十时巴礼柯在此出现过。华莱士强调这是目前唯一可用的线索。他盘算，搜遍这里大约需要四到五个小时。不过因为队员普遍久疏战阵，搜查的效率很低。中午过后，山上的雾霭加重，他们逐渐只能看见自己的脚尖。有人迷路，大家不得不去找他。

下午，出于自身安全的考虑，他们商量下山。

——我们怎么回去啊？

——朝地球重心走。

华莱士在对讲机里说。

9

十一月六日早九时，阳光大好，光秃秃的和尚岭显现在满山红叶当中。华莱士面前队员变成三十八人。他们花费数小时汇聚到岭顶。他们看见的除开石头，还是石头。华莱士又布置他们从可能的路径返查。他们一路查到山脚，也没查到什么遗物、气息和脚印。倒是发现和尚岭是世界的中心，以它为起点，能找到十几条通往外界的道路。可以到东京、罗马、纽约以及你任何想去的地方。

他们坐在废弃的石灰窑前抽烟，见三条搜救犬拖拽着驯犬员往岭上跑。

10

十一月七日早九时，天色阴沉，华莱士面前站有五十人。他们按前夜制定的计划朝海拔一千八百四十一米的青山主峰行进。过和尚岭时，雨好像露珠从叶子上无意坠落，有一点没一点地滴落在路面。后来雨势加大，密密麻麻地，山路逐渐湿滑。华莱士看着鞋尖的黄泥，焦灼万分。他拿起对讲机说：现在要做的是抢时间，越晚雨水对现场破坏越大。想想又说：注意安全，注意用木棍、枝条探路。

不过还是有人不时滑倒。

下午一时，一名队员去解手，就要迈向路边时感觉蹊跷。他用枝条去戳自己将要踏上的地方，发现那里是空心的。他搬起石头往那里砸，只见石头穿过草丛，呼啸着掉下崖底。

——我不能再上去了，我差点死了。

他这样说。

——要下山的现在就请下，赶紧。

华莱士在对讲机里说。又说：外地来的兄弟请注意，今年以来本地降雨增多，灌木生长茂盛。它们除开遮挡住路面外，也遮蔽住一些沟壑以及悬崖，请务必加以小心。

恐慌的情绪飞速传染开。那名试图解手的队员走下山去，他的一些同伴跟下去。一些志愿者想想也往山下走。一些正在爬山的人回头看有那么多人回去，以为计划有变，也跟下去。华莱士像是被遗弃的将军，独自扛着旗往山顶走，在雨势加大后被迫撤退。

回青山村后，他看着换衣服、擦头发的战友，脸色铁青，一言不发。一位老年女人推着轮椅走过来，轮椅上坐着一位年纪更老的女人。她就是巴礼柯的母亲。巴礼柯的母亲望着华莱士。华莱士往哪个方向走，她的眼神就跟到哪里。华莱士被看得心慌，来到她面前。她哆嗦着手，从手提包翻出一只塑料袋，又从塑料袋里翻出用橡皮筋扎好的人民币。

——首长，这是我积攒的四百元，你二百元，你手下二百元。

——奶奶呀，您别啊。

华莱士是爱激动的人，他的眼泪一下子冲出来。

11

十一月八日早九时，前一晚上停息的雨又下起来，华莱士眼前的队员变回三十八人。他指着云烟笼罩的青山主峰说：这就是目标，不会有别的目标。

——他年纪大了，可能不会爬到那么高。

一名队员说。

——不，对登山者而言，这不算什么。有人问英国登山家马洛里，你这样费力登山为什么？你知道他怎么回答吗？

华莱士又指向那海拔一千八百四十一米的主峰，说：Because it is there.

这一天虽然也有人遭遇险情，但无人退缩。华莱士在行进途中，几次幻觉巴礼柯从银白色的雨幕中穿出，朝自己走过来。后来，因饥饿，他坐在一棵大树的树根下吃面包。他边吃边拿着对讲机说：高尔夫球手挥杆一击，球落在蚁丘上。他走过去再大力一挥，没击中球，却打死很多蚂蚁。他再挥杆，还是没有打到球，这次打死更多的蚂蚁。这时，可能是蚁王的那只蚂蚁，对惊慌失措的同伴说了一句话。笑死人了。

——说了什么话笑死人了？

对讲机里有人回。

——它说："走，快跟我来。只要我们爬到球上，就会没事的。"

华莱士一个人疯狂地笑起来。

下午三时，从对讲机里传来准确的消息：发现一枚缺损的鞋印。

——你确信不是自己人留的吗？

华莱士说。

——不会，这是双旅游鞋，后边印着四个字母，我拼给你听，a-n-t-a。

那名队员说。

——安踏。

华莱士说。

他们发现的鞋印只有脚跟部位。华莱士用手机拍照，走到手机有信号的地方，将它发往山下队员。山下队员联系到巴礼柯女人。后者在家找出这双鞋的包装盒，将鞋的品牌与尺码反馈过来。队员根据反馈情况，上网查找这款鞋的照片，和华莱士传下来的脚印照片比对，发现一致。

——那么，这个留下的足迹指明了巴礼柯的前进方向。他果然上峰顶去了。

华莱士说。

唉，绵延不绝的雨这会儿反倒变成瓢泼大雨，兼之天黑得很快，能见度极低，大家只能在发现脚印的地方插上一面旗子，撤退下山。这天有很多记者前来采访。一名村民对记者说：珠穆朗玛峰有人上去，但是青山的山顶，路途危险，多年来我还没听说谁上去过。

12

十一月九日早九时，继续下雨，华莱士面前站着一百九十七人。他说：现在人力就是一切，我们与消防队合作。但是恶劣的天气环境导致拉网式排查进行到一小半时被迫结束。华莱士回来后上网，看到巴礼柯过去的学生在祈福，"慈祥""永远微笑""乐观"这样的词被反复使用。其中一名何姓的学生说，巴礼柯老师上课风趣幽默，当年为了多上他的课，大家商量集体不及格。华莱士心想这人挺能瞎掰的。

13

十一月十日早九时，天气放晴，白云飘浮于山腰。华莱士面前站着四百余名队员、志愿者和记者。他振臂而言：人类不吃不喝生存的极限是多少，有人说是七天，有人说是四十九天，有人说是八十一天。我们就相信是七天。今天是最后一天，活要见人，死要见尸。

队员到达昨天排查过的区域，用砍刀砍劈丛枝、荆棘。进展缓慢。灰心丧气时，有人在一小块显眼的空地看见石头压着的纸条。华莱士跑过去，发现纸条是从巴礼柯工作单位的信纸上撕下来的，纸条上还有"附小"两个红色宋体字。纸条一边大，一边小。小的那边指着一个方向。

——到这边来。

华莱士对队员招呼道。很快，他发现一条被柴刀砍出的路线。

——巴老师是聪明人，他选择这座山的弱点开路。

华莱士指挥众人将这条路越砍越大。一会儿就出现一张新的纸条，一会儿就出现一张。纸条像火把一样，不停向前传递。最终队员来到一处开阔的草地。草地上用石头压着一块用塑料袋包好的纸片。上边写着：师院附小巴礼柯十一月三日攀登至此，极为劳累，迷路。在此住一夜，准备明天顺十字路口纸条方向下山，敬谢恩人。

华莱士大声朗读，热泪盈眶。再勘察现场，发现有吃剩的野山楂的核仁、人类的粪便以及揉皱的卫生纸。华莱士说：他不是一般人，你看他还知道擦屁股，写的字也遒劲有力。接着，他们在草地北边的一条小路上发现巴礼柯留下的纸条。

——我的天哪,他往那方向去了。

华莱士往着北方双膝跪下。北边山连着山,绵延几十公里。

14

十一月十一日早十时,华莱士站在警车的脚踏板上,手抓着警用喇叭。在他眼前,是一个接一个接近两千个人头。两千人像海浪朝这边涌来。村口有不少车辆在忙着停车。路口,还有不少车辆在等着开进来。因为赶来的人太多,平时荒凉的向青路一早发生数起追尾事故,堵塞长达一小时。华莱士看着底下一双双望向自己的眼神,热血沸腾,几乎不敢相信喇叭里的声音是自己的。

——出发。

他喊道。

庞大的队伍在搜救犬带领下,浩浩荡荡,朝和尚岭及青山主峰前进。一些队员沿着昨天发现的草地,向北扩散搜查。因为天气晴好,一些训练有素的人还缠系绳索,下到一些悬崖底下探寻。下午二时,华莱士的手机接到短信:据科技公司 GSM 定位查询,巴礼柯的手机十一月三日傍晚七时在火车站短暂出现过。

——这是怎么一回事啊?

华莱士看着漫山遍野的人,不敢相信。他拿着手机走到信号更好的地方,拨打过去。

——这是怎么一回事啊？

——是他们说的。

——他们有没有定位错啊，你再问问。

几分钟后，短信传到手机上，是这样一行字：他们说，我们对可能发生的追踪错误不承担责任。

华莱士感到头痛。他理了好几次，也没理清思路。巴礼柯留言"在此住一夜"，时间极可能是傍晚。三号傍晚他还在草地，除非长了翅膀，才能飞到火车站。何况，他遗留的纸条，指出的方向是北方。而火车站明显在南。也许巴老师记错时间，将四号写成三号，但那意味着他三号去了火车站，然后四号又跑回到山上。这绝无可能。

他给巴礼柯家里拨打电话。

——巴老师回家了吗？

——没呢。山上有新情况了？

——没有。

华莱士放下电话，问自己：你还信不信巴老师？他又看了一眼报纸上巴礼柯的照片，后者正对着他和蔼地笑。

下午三时三十分，华莱士敏锐地捕捉到一股异臭。这股味道有时候有，有时候没有。极难定位。他找到几人一起闻，也都闻到了。后来他们戳开一处遮蔽严密的草丛，发现味道正是从那底下的悬崖传上来的。华莱士让人在他腰间缠绑绳索，下到崖底。人们把他往下放时，他的心脏跳得很快。还在半空，他就往下看。只有密集堆放的石块。落地后，他只看见空荡荡的石壁。没有任何动物，没有任何尸体。但是味道又刺鼻。华莱士拖拽着绳索走来走去。后来他拨开障碍物，找到一处石缝。在那他看见以前从没看见的东西：一个鹰窝。

15

十一月十二日，搜救人员降为五百人；

十一月十三日，搜救人员降为四百人；

十一月十四日，搜救人员降为三百人；

十一月十五日，搜救人员降为二百人。本城电视台播放名为《寻找巴老师》的专题片，以每天为一章节，每章节开始时必有一只手有力地握着标记日期的邮戳，向荧屏盖过来。华莱士看到自己在镜头前表情镇定。华莱士说，巴礼柯身亡只可能有三种情况：一是饿死了，但现在山上正逢挂果季节，巴礼柯不致坐以待毙；二是被狼吃了，但排查到今天还是没有发现显见的人类血迹，我们都知道在人兽搏斗时现场往往遗留有大量血迹；三是坠崖死亡，但是目前几乎所有的悬崖、断崖和深沟都被探访过，并未发现异常。华莱士抽着烟，看着电视里的自己夸夸其谈。

十一月十六日，搜救人数降为一百人。《寻找巴老师》被中央电视台以及国内十五家上星卫视的讲叙类节目转播。华莱士正在拉绳索时，接到战友递来的电话，是家日本电视台远程连线采访。他正说着，听见一声惨叫回荡山谷：随着尼龙绳的绷断，一名志愿者坠落至崖底。华莱士赶去察看，发现那人盆骨骨折，正在呻吟。专业消防队救援三小时，才将其转送运至医院。华莱士在镜头前摘下眼镜。他的眼睛里都是血丝。他说：我不赞成非专业队员继续上山搜救。

十一月十七日，搜救人数降为五十人。队员报告新消息，在新开发的区域发现女性衣服，并在不远处发现一具男性尸骨。华莱士激动了好一阵子。可是接下来他们就排除了这是身高体大的巴礼柯。华莱士疲惫地回家，打开电视。电视里正在重播采访巴礼柯母亲的镜头。她哭着说：我今年八十四岁，你们都是好青年，你们的恩德我报答不尽，你们千万不要出事。

十一月十八日，搜救人数降为三十人。华莱士看到报纸说，巴礼柯的女人根据律师建议，以"巴老师疑似被侵害"为由去公安局申请立案。理由有二：一是山上发现尸骨及女性衣裳，不排除有凶手长期潜藏在山上；二是科技公司定位显示巴礼柯的手机曾在火车站出现，不排除是杀人者携带遇害人手机潜逃至此。公安局表示考虑接受这个建议。

十一月十九日，搜救人数降为二十人；

十一月二十日，搜救人数降为十五人；

十一月二十一日，搜救人数降为十人；

十一月二十二日，搜救人数降为五人；

十一月二十三日，搜救人数降为三人；

十一月二十四日，搜救人数降为二人；

十一月二十五日，搜救人数降为一人。华莱士孤独地走上山，他感觉自己的身躯像勉力捆扎好的柴火，随时要散架。他对自己说，能走多远就走多远吧。走到一处山坡，他看了眼群山，看出自己的渺小，便将一面红色的旗帜插在那里。天黑时，华莱士下山，在小卖部买了包烟，抽上几根，然后发动那辆日本原产的吉普车。上沥青马路后，华莱士看见地面不停向轮胎后滑过去。他的脑子理着这些天的情况，却是理到哪儿卡在哪儿。他止不住打瞌睡。他不时点头，将车匀速向前开。直到传来一声巨响。车撞树上了。他感觉胸前的肋骨剧痛，自己好像要死了。他疲倦地想，不会有三百人、五百人、一千人来寻找他了。他不是事情的元，或者，不是元的事情。

十一月二十六日，青山空无一人。

第三部分

16

事情就这样过去。师院附小商量为巴老师办一场追悼会，一位老师说追悼会不好听，应叫追思会。另一位老师说追思会也不好听。校办找到巴礼柯女人，委婉传达这个意思，女人站那儿摇头，说：死不死，活不活的。

死不死，活不活的，不如死。死尚有一个清晰的结论，如今一鼓作气，再而衰，三而竭，失去了理由。就像好多天后才知自己被人骂了，要上门算账，失去了理由。女人戴好手套，一只脚踩实脚踏，推着自行车小跑几步，另一只脚飞越座椅，跨过去。她开始上班了。

事情就这样过去。人们将失踪人口自动计算为死亡人口，将巴礼柯女人自动计算为遗孀，将巴礼柯母亲自动计算为白发人送黑发人。一个姓巴的家庭，如今只剩两名外姓女人。人们找了很多机会来表达自己的歉意。

二〇〇八年二月六日，农历除夕，先是学校的一拨人提着大大小小的礼品进来，坐满沙发。接着邻居也端着包好的饺子过来，站满客厅。

——你们回吧。

巴礼柯的母亲说。

大家却是没有走的意思。

——那就吃我炒的花生。

巴礼柯的女人一手一手地给大家捧。这时客厅的电视上有朱军周涛浓情念白的声音，厨房有饺子煎炸的声音，窗外有烟花一颗接一颗在天空爆燃的声音，远处有寺庙的钟声。在这些声音中间，夹杂着一把钥匙插进门锁转动的声音。大家并没留意。门打开，一位须发花白、眼窝深陷、瘦得皮包骨头的老人拄着拐杖，走入客厅。在众人注视下，他摘下沾满油污的背包，来到茶几边，跪下，抓起花生和糖果往嘴里塞。一会儿将花生壳和糖纸吐出来。他的腿上穿着一条油腻的田径裤。

巴礼柯的女人晕倒在地。巴礼柯的母亲手握拐杖，一边流眼泪一边戳她儿子。她咬牙切齿地说：今天看我不打断你狗腿。众人争着去扶地上的巴礼柯女人。掐她的人中和虎口。巴礼柯的女人要过好一阵子才苏醒过来,她为自己这些天所受的委屈好好哭了一阵子。大家说:人回来就好,回来就好。然后相继溜走。他们走在风中和雪中,哭笑不得。他们把短信发给一个又一个认识的人:巴老师回来了。

——回来了?

——是啊,回来了!

17

巴老师到底去哪里了?问题一直没有答案。一开始人们以为羞于启齿是因为它关系到一位老人的尊严,在这样的敏感期度过后他就会说出来,可他一直缄默。后来人们相信这样的秘密至少他女人会掌握,但是女人说:我说你要是不说,我就去死,结果他只是轻蔑地看了我一眼。

他轻蔑地,像看一个陌生人那样看着自己的女人,像是在狼窝生活太久,心野了。这样就有一场看不见的战争,人们(包括他的女人和母亲)试图攻占这个秘密的高地,巴礼柯却将之视为退无可退的堡垒,严防死守。有时走在路上,别人就是没说话,他也会神经过敏,烦躁地说:别问了,有什么好问的?

——巴老师,你至少得给那些为你死伤的搜救队员留个说法吧？不是我多嘴，派出所还立了案呢。

胆大的邻居在他身后指指戳戳。巴礼柯听完，气愤地走了。

僵持的结果是巴礼柯从此成为孤家寡人、孤魂野鬼，人们（包括他的女人和母亲）认为他破坏了彼此之间基本的信任。巴礼柯好似乐得承担这个身份，没有再去学校。他开始梳理花白的头发，穿上干净整洁的衣服和皮鞋，在城市闲逛。有人说他喜欢站在美容美发店外，对着窗玻璃整理散乱的头发。这个说法增加了女人的狐疑。她观察到，巴礼柯虽然没有动用那六本存折、四张卡，但是把学校新发他的退休工资截留了。

——你拿那些钱去干吗？

女人问。

——你管得着吗？

——我当然管得着，老娘是你的老娘，不是我的。你不养难不成我养？

——你不是存了七八万吗？

虽然早已习惯这样的冷声冷气，但女人还是将眼泪流下来。她沉默着走进卧房，收拾行装，准备像多年前一样离开这个家庭。收拾片刻，她真实地痛哭起来。因为她意识到自己已没有哪怕是一丁点的资本，"离婚"已经不是归属于她的砝码。她想如果走出去没人阻拦的话，她就只好去死。这时巴礼柯进来，从公文包里翻出一沓人民币，说：你数数。女人偏过头去，巴礼柯把她的手掰开，把钱放进去。后来，在巴礼柯离开后，她点着口水一张张数，一边数一边心算，一分不少。

——我给学校打电话，以后都打给你。

巴礼柯说。

——我给你留点吧，来，给。

女人抽出三张一百元，给他。他略显迟疑，还是接过去。女人后来怪自己仁慈，但当时好像只有仁慈一条路。巴礼柯像一个哀伤的破产者站在她面前，这些钱本是他挣来的。

女人后来在巴礼柯离家时，悄然跟上。巴礼柯不像以前身体好大步流星地走，女人走着走着就接近他，竟要压迫自己走慢点。巴礼柯目不斜视，走过银行、超市、电信营业厅；走过人行道、人行横道、盲道；走过电影院、饭店、洗浴中心；走过象棋摊、秧歌队、卖艺场子；走过美容美发厅。美容美发厅门前坐着穿高跟鞋、涂口红的小姐，她翘着长腿，尽量缩紧双臂，好挤出乳沟。她常常对路人轻吐唇语：玩吗？巴礼柯目不斜视地走过去，然后在前方大约一公里处转身，按照原来的路线走回来。他目不斜视地走过美容美发厅、卖艺场子、饭店、超市，走回家。

女人跟踪到第八次时，索然寡味。她没有再跟下去，而是去农业银行排队。大约一小时后轮到她，她把存折塞进去，说：今天是十五号，我想知道工资到账没有？储蓄员把存折放进打印机，显示巴礼柯本月的退休工资已一分不少地打进来。生活就这样了，人会变得不可思议，钱不会。

18

二〇〇八年七月十五日，很多老人到银行排队，看工资到账没有。巴礼柯离开家，沿着往日的轨迹朝前走。

走到十字路口，他耐心地等红灯变成绿灯。天色尚早，大约下午三四点，洒水车缓缓开来，将水浇向路面两侧。巴礼柯退到马路牙子上，看着它远行而去。过人行横道后，他蹲在百货大楼的台阶上，看一对人下棋。因为有他观看，那两人下得分外起劲。巴礼柯看了一会儿离开，在酒店门前停下来。酒店前门有一块旷地，服务员站成三排。穿西服的领班喊：欢迎光临。这些服务员跟着喊：欢迎光临。然后一起鞠躬。领班喊：欢迎下次光临。他们也喊：欢迎下次光临。然后一起鞠躬。表情肃然。

走到报亭时，巴礼柯抄起晚报翻阅。这样翻了四五个版，从报亭里伸出一个脑袋。问他：买吗？巴礼柯把报纸重新叠好，放回去。走到家电超市门前，巴礼柯发现那里摆了二十多台彩电。每台电视的荧屏都在放范伟一瘸一拐离去的画面。"谢谢啊。"范伟用一口东北口音说。巴礼柯抱着双臂看，一直看到荧屏上剩下一团雪花。他看看手表,继续走。

他目不斜视地走过梦容美发厅。走过去时,一名穿高跟鞋、涂口红、架着二郎腿坐在门前的小姐,轻甩头发,对他鄙夷地说:玩吗?他目不斜视地走过去。十分钟后,他走回来。那名小姐准备起身进去,意识到他回来了,因此继续弯着身体,好让对方能更多地注意到自己雪白的胸口。他像任何一个生手一般,手心出汗,任人宰割地看着里边。里边坐着五六名雷同的小姐,她们一齐跑到门口。金色的、绿色的、紫色的假睫毛对着他一起扑闪。好像在说:来吃我吧,来吃我吧。她们的手像水草,一只只地挽向他僵硬的手臂。他就这样被请进去。

他指指坐在最里边抽烟的女人。她一直没看外边。她们发出一片唉哟的叹息声。他脸红了。女人把烟灰弹在烟灰缸里,转过身,站起来。她冷漠地看着他。她的年龄看来不大,但有老相。

——我?

她指向自己,问巴礼柯。她牙齿偏黄色。巴礼柯匆促点头。她掸掸黑色短裙,从化状台上捞了一卷卫生纸塞进手提包,说:咱走。巴礼柯跟着她往外走。

19

——今年多大了?

走进空荡荡的胡同,巴礼柯的心跳平缓了一些,他这样问。穿高跟鞋的小姐略微停步,又继续前行。

——二十五岁。

——你是哪里人呢?

——四川。

——四川哪里?

——问这么多干吗呢,你们这些人。

巴礼柯颇显尴尬。过了一会儿他又说:我看你不像是四川的。

——那老板你说呀,你说我是哪里的。

——我看你是江西的。

前头的步子停下来,接着恢复前行。

——江西哪里的?

——瑞昌县。

女子转过来,从上到下打量巴礼柯,眼里露出恶毒的讥诮。后来讥诮变成委屈和愤怒。

——对不起,今天不做生意了。

——姑娘你误会了,我不是来买欢的。

——那你来做什么?

——只是想和你聊聊天。

——你都多大年纪了,还和那些学生一样。你是不是还要说爱我,叫我去上班呢。

巴礼柯窘迫得不行。在女人就要转身离开时,他的眼泪淌下来。她没见过一个这么老的男人还会哭,并且哭得这么伤心。她对他说:算了,你有什么想说的现在说吧。

——不,我请你吃饭,吃饭慢慢说。

巴礼柯说。在女人没有同意后,他又重申了这一要求。女人咬咬嘴唇,扫视向胡同,说:好吧好吧,那就那间驴肉火烧。

20

他们走进逼仄的驴肉火烧店。桌面油腻,老板围着肮脏的围裙,狐疑地看向他们。巴礼柯试图消除这显而易见的误解,可是女子却以她职业的表情,嫌弃地看着巴礼柯。在他们点单后,老板心领神会地走开。

——我知道你是谁。

女子说。然后从包里取出烟,打响打火机,专注于吐出第一个烟圈。此时巴礼柯嘴虽嗫嚅而口难言。

——请说吧。

女子把烟灰弹在地上,直视着他。

——从那里回到这里一共是一千三百五十公里,一共经过二十五个城市。春节前,公路边菜地没有菜,只有冻土。但是结婚的多。我在每个城市都喝上一顿喜酒。我直接走进酒店,装作有事。

——春晚小品演过。男方以为你是女方的客,女方以为你是男方的客，塞上空的红包就行。

——我不是那样，我是装作进去有事。我不知道哪一桌可以容我。我先进厕所洗脸，洗后清醒了，出来就知道哪桌是散客。坐那儿吃准没事。有时同桌的人见我年纪大，拆开喜烟后还第一个敬我。

——你接着说吧。

——我吃的时候，就想不可能有下一顿。可事实上我在每个城市都吃了一顿。开始时比较顺利，后来衣服出现臭味，服务员就伸出戴白手套的手拦我。我说有事，他们说啥事，我说不出来，他们就将我踢走。不过北方人比南方人好像要仗义一些。有喜宴的时候，讨饭的就会聚拢，到饭店门口打板子唱歌。这时里边就有人出来，往他们张开的塑料袋里倒剩菜。我跟在他们后头。他们说：不是我们一伙的。不过倒菜的还是给我也倒了一份。

——你吃点吧。

女人头向后仰，无情地看着巴礼柯。

——我不饿。我饿了还会去垃圾箱刨东西。一开始还有自尊心，后来想谁会认识我呢，就坦然地去翻找。在穿着还干净时，我从很远的铁路坝走进火车站，爬上月台。我坐不上快车，快车门口都有人剪票。我只能跟着农民工挤慢车。我总是想自己能多乘几站，可他们总是很快将我发现，在下一站将我推下火车。而越靠近这里，上车的农民工越少，我就没法趁乱往上挤了。我只能沿着铁轨一步步地走。

女人将半根烟掐灭，打着哈欠。

——你没经历过一分钱没有的时候吧？

巴礼柯问。女人摇摇头。这时小店进来一对年轻夫妻。男方身高体大，手抓宝马钥匙，女方相貌姣好，穿红色裙子，白嫩的脖子上挂着贵重的项链。两人脸带上层人到此一游的优越感。坐在巴礼柯面前的女人，一直暗自在看这进来的红衣女子。在瞟到来者耳后有一道不易察觉的丑陋的疤痕后，女人发出无声的耻笑。她对巴礼柯说：你说吧。

——我花了将近三个月才回到这里，去那里却只花了一天一夜。我坐着最便宜最慢的火车，也只花了一天一夜。我换坐中巴车，也只用了一个下午。一天一夜一个下午，我去了那里。

巴礼柯说。

21

——我本来可以早点去那里的。

巴礼柯绝望地看了眼女人，女人仰着面孔看在天花板上爬行的壁虎。巴礼柯端起紫菜蛋花汤喝了一口。女人坐直身体，说：是啊，为什么不早点去呢？

——我说出来就好受一点。

——你说呀，我听着呢。

——我本来可以早点去那里的，一直拖了三十二年才去。

——为什么拖呢?

——因为家里摆着一幅遗像。那上边的人相貌端正,斯斯文文。但是听我母亲说,尸体运回来时,脑袋是撞扁了的。可能是运的时候不小心,脑袋歪了一下。因此有血从破裂的地方流出来。一路都在流。后来是滴。滴了一路。在路上滴了一条直线。那就是我父亲。以后我下班要是回来晚一点,就会看见我的母亲坐在那儿生闷气。她会指着遗像对我说,你要是想走也可以,你看看你爸再走。我说我既然回来了就不会走。我就这样,陪着我的母亲生活,一共生活了三十二年。

——不要以你母亲为借口。

——我要是离开这儿,我父亲的楼就白跳了。他跳下去,本来不该让我回城的,让我回了。

——本来该,本来不该的,这话我从小就在听,每天都听,听得烦死了。

巴礼柯难过起来,擤了下鼻涕。他接着说:我母亲跟我说,你捏捏我的腿,一天比一天差,你要是走了,我就无依无靠,自己爬到街上去要饭了。别人是拿脚走路,一步能走几尺,我是拿肚子走,拿肚子磨着路面走。后来,好像是要拖住我,她的腿坏完了。慢慢连拐杖也撑不住。她说你一人服侍不来,你得有个女人。这样我就有了一个女人。我什么都不知道,就是得到一张纸条,叫我去公园,我就去了公园。

——一共是二十元。

老板看到女子勾动的手指，过来收钱。

——我来我来。

巴礼柯抢着付钱。老板看看他，觉得他付理所当然，就把钱还给女子。女子也不说话。巴礼柯把一张一百元递了过去，说，看看还有什么糕点和汽水可以上的。

——我不走。

女子说。

——好。在公园我遇见一个满身飘着雪花膏香味的女人，也就是我后来的爱人。我同意了。不同意又怎样呢？不同意这个女人，还会有那个。我不娶这个，就得娶那个。结婚那天，我发高烧，脸色惨白。人们一个个脸色红润，头发上粘着彩纸。他们认为再没有比我们更般配的了。他们拉上洞房的门，将我们反锁在里边。

——后来呢？

女子玩弄着新款的诺基亚手机，旁边的那对夫妻不时瞟过来。

——后来我成为一名登山爱好者。一开始，学校的老师邀我去，我并不愿意。他们到我家来请，我也不去。我的母亲和爱人说，你去吧，锻炼锻炼，见识见识，记得晚上八点回来吃饭就好。我就由着他们带上山。其实，我的脚一踏出家门，自由的感觉就包围了我。我一路都很兴奋。我几乎是最先爬到峰顶的。然后就是在那儿，我感到悲哀。因为我要折回去。回到我那个只有四十多平方米的家。也可以说是一个牢笼。

女子放下手机，歪着头看他。

——新鲜的空气、茂密的树林、潺潺流动的溪水，这些都是暂时的。只有牢笼是真的。我在山顶的感觉就是这样。我并没有获得某种自由，我只是短暂地出来放放风。

——那你最后怎么又走了呢？

——因为在山上我听见巴赫。

——巴赫？

——约翰·塞巴斯蒂安·巴赫。西方音乐之父。

——你这么说我倒有印象了。那个人总是试图教我音乐。

——有一件轶事。如果不是一名叫卡萨尔斯的少年购买新琴想练手，去城中乐谱店找可供演奏的谱子，巴赫那伟大的《无伴奏大提琴组曲》就要永远沉睡。我顶职回城时，教育部门的人问我，你知道楚辞吗？对函数了解多少？会不会英语？草履虫呢？我摇头，前额浸出汗来。他们说，那好吧，你去教孩子们体育。其实我应该跟他们说，我知道舒伯特、贝多芬、莫扎特、瓦格纳和巴赫，但是一紧张，就做了三十二年的体育老师。

这时门外传来宝马车发动的声音，女子转头去看，脸上露出嫉恨的表情。

22

——你说你在山上听见巴赫。

女子回过头来说。

——是啊,是我最后一次登山时听见的。那也是我第一次独自登山。因为约好的同事得病。我一个人坐上公交。当公交车从黑暗开进光明时,我忽然感受到一种前所未有的自由。下车后,我张开双臂,一个人朝山上走。到达山的副峰,也就是和尚岭时,我忽然打了个激灵。我把手机关机。我想我应该拥有这么一天。什么人都不知道我,什么人也找不到我。我就应该有这么一天。

——然后呢?

——然后我披荆斩棘,登上海拔将近一千九百米的青山主峰。此前,我的同事都说登上它是不可能的事。登它比登天还难。可我用一眼就看出了这山的弱点。我用柴刀劈出一条路来。在路的尽头有一块弧形的草地。草地那儿有四条路,通往东南西北四个方向。我向东,爬了一百多米登上峰顶。面对群山,我扯开嗓子大喊:徽敏。

女子突然一惊。

——我喊完,名字在群山间传递开来,好像还可以传到霸州、潢川、麻城,一直传到你们江西省。但是我又清晰地意识到,它最远就撞在几公里外的某座山上,消失掉。我在山顶盘坐了一阵子,坐到腰酸腿麻准备回家时。忽然,一股不可预测的风扑来,它像刮起风帆那样刮满我的T恤衫。清新的气体猛灌入我的肺部。所有悬挂于枝条的树叶都泛着光在晃动。青草低伏所形成的浪花一遍遍向远方荡开去。我听见大自然，是啊，大自然，竟然丝毫不差地在演奏巴赫的《无伴奏大提琴组曲》。我的耳边全是逢——逢——逢、逢——逢——逢的鸣响。

女子看着情绪有点激动以致快要手舞足蹈的巴礼柯。

——漫山遍野全是，都是，大提琴的声音。大提琴的声音一次次奔过来，一次次无情消失。直到最后永远、彻底地消失。就像它从来不曾出现过一样。后来有一种理性告诉我。它本身并不存在，一切不过是错觉。但是我跟你讲，在当时，我却觉得没有比这种真实更为真实的真实了。我记得自己激动得一跃而起，并且吃惊地看着乐声将我包围，不停旋转。我甚至能够像抚摸丝绸或者流水一样抚摸它们。我看见自己的手刚一触碰到它们，它们就像蛇那样迅猛地溜走。直到一切全然消失。树叶停止哗响。草停止摇摆。我像是被遗弃在原地。我泪如雨下，然后又感到极为愤怒。我去骂我狗日的生活、狗日的爱人以及狗日的娘。

——你没事吧？

女子握着老板递来的汽水说。

——我宣泄够了，好像是畜生蹭痒一样，用背部不停蹭一棵树。然后哈哈大笑。我从未见自己如此恣肆，如此愉悦。我比杀了什么仇人还解恨。后来，我走回到那块弧形的草地。在那儿吃山楂，排便。然后我撕下一张纸，在上边写我迷路了，准备在这休息，明日从往北的那条路下山。可是。

——可是什么？

女子看到巴礼柯迎着她窃笑。

——可是我却往南走。我把空白信纸拿出来，撕成一张张纸条。我把纸条压在显眼的地方，告诉他们我往北方去了，可是我却往南方走。我在他们眼皮底下玩起失踪。我曾经以为自己一点希望也没有，这一天却找到一个极佳的理由，从他们苦心构筑的牢房里逃走了。

——你就这样去了我们南方？

——是。我迫不及待地下山。到山脚时，我看见有村民走动，就退回到树林，沿着隐秘的河流走。到公路后，我躲开平时坐的二一六路公交车，搭乘另一路公交进城。此后，我又换乘另一辆公交，到达我家附近的一站地。我走向一栋烂尾楼，在第三层，翻开墙上一块可以活动的砖。找到藏在里边的塑料袋。塑料袋里有一张农村城市银行的卡。我拿着卡去自动取款机取出七百元现金。那是我改卷所得。我打车去火车站，买好去你们瑞昌县的火车票。我记得我是第一个通过检票口的。我快步经过月台，走进车厢，找到自己的位子坐下。一些人默然地走进来，将行李塞上铁架，又出去抽烟。我想火车你怎么还不走啊。有一次我实在忍受不了，便开机看到几点了。我看到是二〇〇七年十一月三日傍晚七时。还有十分钟火车就要开走。可它要是晚点也说不定。我看向窗外，看向那些在月台奔跑的人。就好像他们是来找我、逮我的。我怕我的爱人推着轮椅赶过来。直到列车员粗暴地关上车门,我才放下心来。我想你怎么不再粗暴一点呢。听着满车厢的河南话、山东话、湖北话以及乘务员变味的普通话,还有你们江西话,我感到开心极了。这意味着我现在是一名旅客了。

说到这里,巴礼柯停下来。

——你来了,只花去一天一夜一个下午。可是你的徽敏死了。他对面的女子说。

23

——要不接下来我替你说吧。

女子说。

巴礼柯痛苦地看着她。他好像一条被堵在家门口的狗,既期待,又害怕棍棒落下。

——我来说吧,你光荣地来到我们江西省瑞昌县乐山林场光明村。你看,这是我的身份证,光明村。你来到光明村,然后只看到一座坟。是不是?墓碑上的字刻错了,是不是?安徽的徽,刻成微笑的微。

——是。

——我们乡下人认识字不多,刻错很正常。不像你们城里人。她是认识很多字的,可惜死了,死了就不知道自己名字被刻错。她死得好,就是死得惨了一点。喝农药没喝死,又用绳子把自己吊死。我们找了两天两夜没找到。准备不找时,狗总是叫。狗一路叫着,把我们往山上带。我们在暮色中瞧见一团黑影吊在树上。我们拿手电筒照。看见她的眼睛睁得特大,几乎要游离到眼眶外。舌头也伸得老长。这是我第一次知道人的舌头其实很长。它拥有可怕的长度。她把它全伸出来了。我爸吓坏了。我爸爬上树把她解下来,背着她回家。我爸一路上说:你是站得高,望得远啊。

巴礼柯低下头。

——她天天盼你来,你不来。她一死,你就来了。

能看出,巴礼柯的双臂和肩膀在发抖。

——她的房里有一只上锁的大箱子。大箱子里有一只同样上锁的小箱子。她每天开三遍大箱子,翻出小箱子。从小箱子里找出一张黑白照片看。我们要是过来,她就赶紧把箱子锁上。她死之后,我们打开箱子,才知道相片上的人长什么样。

巴礼柯抬起头。

——是的,和你一样。国字脸,小分头,在一边的眉毛里有一道疤子。你这疤子怎么得来的?

——打架打的。

——在我们那里打的吧。

——是这样的。

——她讲过一百遍。她疯了以后就和每个人讲。她讲她一个人睡在林场,晚上既不敢开灯,也不敢熄灯。她总是听见窗外有窸窸窣窣的声响。她就去光明村找你。你带着二十名知青赶至林场，啥也不说，将食堂砸烂。你把她从林场带走，带往光明村。行至半路，林场召集的两三百号职工和当地村民提着锄头、铁锹和斧子，将你们围起来打。你们被打得鸡飞狗跳，哭爹喊妈。这个时候据说你本来是趴在地上的，忽然爬起来，说：你们不是狠吗？打死我呀，我今天倒要看看死字怎么写。你当时头皮在流血，鼻孔在流血，手臂在流血，衣服上沾满血。你像鬼一样把他们震慑住。他们两三百号人呆立不动，一起看着你。说是你从别人手里夺下一把刀，对着自己肩膀、手臂砍去。砍了几刀有人笑了，说你拿刀背剁自己。你看了一眼，把刀口调转过来，照着自己眉骨就杀了一刀。

——是。

——你杀了这一刀，无论是敌手还是战友，都跑过来拦你。你像得了疯牛病一样管束不住。后来是书记朝天放了一枪，才让事情结束。书记说：你们谁是毛主席无产阶级文化大革命阵营的战士，谁就放下武器站到我这边来。结果两边都站过去。她常在家说：小柯为了我连命都可以不要，他一定会来接我的。

女人这样说的时候，望着巴礼柯。巴礼柯将整个身体往后退了一些。

——你记得我们村有一家供销分社不？

——记得。打架后徽敏被安排到光明村，就在供销分社工作。

——是啊，就在那儿站柜台。当时乡里有供销社，村里设立供销分社。可是一个这么小的村子要供销分社干什么呢？摆那么些糖子、布匹卖给谁呢？她就赖那儿。县里发文说取消村一级分社，她还写信申诉。上边不批准她就去上访。人家要来收走门牌、公章，她赖地上打滚。几十岁的人，平时爱干净爱漂亮，像猫狗一样在地上打滚。人家把牌子给她留着。她不从。直到人家把公章也给她留下来。你说她保留这些干吗？不就是要告诉来买货的人，她毕竟还是公家人，和他们不一样。她一天卖不出几包烟，甚至一盒火柴也卖不出去。可她就是要把这场面保持下去。你说她糟蹋谁的钱？还不是糟蹋我爸的。我爸上山砍树，把树削成一根根棍子。砍三天的树，又削三天的棍子。这样背到镇上去卖，所得不过几十元。这些都不够她进一次货。她进货也不进那些老百姓要买的货，尽整那些洋气东西，谁买呢？

这时老板从后厨走来，走到门口，大伸懒腰。他蹲着抽烟，看胡同里来来往往的小姐的腿。

——她站在柜台里，直到每一根头发都白了，像老狐狸。天黑了她不舍得关店里的灯。为什么啊？因为怕天黑之后你来了，找不到她。她一直在那儿等，等到夜非常深了，才回家睡。你知道我爸说什么？我爸说，你去城里找他，我不拦你。我爸造什么孽？又不是我爸要娶她，是她自己赌气嫁进来的。她等，没有等到你，倒是等来一帮城里的亲戚。她拿着信很开心，提前半个月开始准备。吩咐我爸去打猎、买菜。置办了兔子肉、野猪肉、野鸡肉。那帮亲戚拖了差不多一礼拜才到。有些肉都已腐臭，只好扔了。他们吃饱喝足，剔着牙齿，坐车走了，再没回来。他们走的时候，她追着车子跑，精神病犯了。以前她还喜欢搂着我说，等小柯来了，我就跟她走，我带你一起走。那天以后她就只知道掐我。一条胳膊都掐紫了。你看这里，到现在都是烂的。那些来看她的亲戚里，有一个人是这么说的："哟，还生了个女儿啊。"我想就是这话刺激到她。她怪自己生下我。生下我，小柯就不可能再来找她。

——你今年多大了？

——不是跟你说了二十五岁吗？

——二十五岁，你妈那就是三十六岁生的你。

——人总是要生的，到了三十六岁还不生就说不过去了。

巴礼柯看了眼门外。老板起身，对一个看不见的路人说：等下再过去，还有两位客呢。巴礼柯说：要不我请你去别地儿坐吧。

——不要得寸进尺了。就在这说完，说完拉倒。

——好吧。

——你知道过去我有多么害怕吗？我看到疯子从供销分社回来，就从门口跑回家。意识到家里无法躲藏后，我又跑到后山的山脚。揭开薯洞的挡板，下到里边。老鼠看到我进去，在里边乱跑。我在里边也躲来躲去。我吓得哭起来，可是不敢哭出声。我虽然怕老鼠，但我更怕她。我要等到我爸从外面回来，才敢从薯洞里出来，扯着他的衣角回家。

——她后来喜欢打你？

——她总是在供销分社瞎想。她一想就想到事情的原因是我。我是祸根。她就回来找我。我真不稀罕跟她学普通话，真不稀罕她以前是吃商品粮的。我只盼着她早点死。说起她死，我们找了两天两夜，哪里都找了，唯独没想到山顶。其实我们早该想到。因为她总是说，你们两个曾经偷偷跑到山顶，对着群山拉大提琴。她说那把提琴是你偷了林场的大狮子鼓，在鼓腰上钻两个洞，然后找到一些弦和线，组装上的。她说这世上不可能再有谁能像你，用如此简陋的材料制造出一把琴来。并且音调是那么准确。她站柜台的时候看着它，回家了抱它。有时就是睡着也还是抱着。她抱着它说：小柯会回来的，他在这留了一把好琴。

老板朝后厨走时，看见泪花在巴礼柯眼眶里打转。他又看了一眼。

——她死了，我第一个想起来就是毁掉这琴。我爸拦住，说毕竟是你妈啊。我就由着我爸把它放在阁楼。

——对不起。

——你说这事情是不是应该由你负责？疯子天天说，本不该她来的，她跟着你来了。本不该你回城的，你却回城了。你说，你既然把她带来，为什么不把她也一起带走呢？

——当时只有一个指标。

——她说，本不该她来的，六九年你毕业要上山下乡，还没轮到她，因为舍不得你，主动申请跟你来了。她也是女人，她上了你的大当。你们男人没一个好东西。

——对不起。

——对不起有什么用？

巴礼柯抄起两只手掌，轮番地打自己额头。老板过来，说：咋的啦，您这是咋的啦。巴礼柯哭起来，哭得没羞没臊。一边哭一边说：对不起呀。我对不起你。

——你对不起谁啊？

她尖刻地说。

——我对不起你们母女俩。

巴礼柯说。

女子冷笑着站起来，拎着包，头也不回地走掉。老板朝她高声说，拉拉下次记得来照顾生意啊。巴礼柯目送这个秦徽敏遗留在光明村的后代离开。他想起，女孩的父亲接待了他。女孩的父亲将他带到坟地，指着一块墓碑说：孩子他妈啊，我帮你把小柯等来了。小柯还是那么年轻。

24

三四个月后，某天清晨五时，六十二岁的巴礼柯离开家里。他穿着黑色田径裤、黑色 T 恤,背着包,包里放着饭团、茶壶、电筒、柴刀、信纸、笔和御寒用的外套。

如果他再次失踪,那么找的人会很少,找两下就算了。女人和母亲照例也会悲哀,但因为有了上次的经验,会显得从容不少。但是在晚上八点,电饭煲的温控开关自动断开时,他的钥匙正好插到房门上。因为是侧身开门,背包忽然掉落在地,一些野山楂从里边蹿出,跳着下了楼梯。